L'OGRE ~~AU PULL~~
À POIL(S)

L'OGRE ~~AU POIL~~ À POIL(S)

Marion Brunet

Illustrations de Joëlle Dreidemy

ÉDITIONS SARBACANE

Les citations apparaissant en pages 19 et 20 sont issues de la chanson *Mourir sur scène* de Dalida.

Celle qui apparaît en page 87 est issue du poème *Le dragon doux* de Raymond Queneau.

*Pour Julie Surrugue
et ses élèves de Classe relais.*

« ÇA DÉMARRE AU FOYER, POIL AU NEZ ! »

C'est ce soir-là que tout a (re)commencé : mon copain Yoan croisait les bras, assis sur son lit, bien décidé à *ne pas* faire son sac.

Moi j'avais commencé à remplir le mien, mais j'hésitais entre deux pulls (le Wolverine marron et le Wolverine jaune). Finalement j'ai fourré les deux dans mon sac à dos, vu qu'on allait de toute façon se cailler, c'était couru d'avance : les séjours avec le foyer, c'est toujours dans des endroits où y a de la campagne, des montagnes, et où même quand c'est l'été, il pleut. En on n'était plus en été de toute façon, on était en octobre.

« Ça va vous faire du bien, quelques jours au grand air », avait dit Fabrice, notre éducateur, quand il avait annoncé au groupe qu'on partait tous pour les vacances de la Toussaint. Au grand air, tu parles. Moi j'ai toujours préféré les petits airs, genre l'air malin ou l'air de rien.

– J'y vais pas ! a annoncé Yoan.

– On n'a pas le choix, j'ai grogné.

– C'est nul.

– Je sais.

– Ils pourraient pas nous amener… je sais pas, moi, dans des endroits *vraiment* intéressants ? Au Far West par exemple, ou à San Francisco ? Visiter Alcatraz, voir des éléphants de mer, des Indiens ? Un truc *vraiment* bien ?

– On va où, déjà ?

Yoan a poussé un soupir monstrueux et s'est avachi sur son lit en rugissant la réponse :

– Aaaardèèèèche...

Ses cheveux ont fait comme une grosse étoile autour de sa tête : depuis quelque temps, Yoan, il se laisse pousser les cheveux. Et comme il est très frisé et qu'il a beaucoup de cheveux, ça fait des sortes de dreadlocks. Son père est pas fan (mais en même temps il n'a pas grand-chose à dire, son père, vu qu'il le voit seulement le week-end). Le nouveau directeur du foyer non plus. Notre éducateur Fabrice, il ne dit rien, je crois que ça l'amuse,

même s'il lui dit quand même de les laver de temps en temps. Moi j'aime bien, et puis de toute façon c'est mon copain ; il pourrait se faire des couettes que ce serait toujours mon copain.

On devait partir le lendemain matin, en minibus. Bon, je vous cache pas que ça peut être marrant parfois, les vacances avec le foyer, et j'ai quelques souvenirs plutôt sympa, comme la fois où on faisait du camping et où j'ai raconté cette d'histoire du type qui se fait couper la tête dans la forêt alors Lola et Zoé ont hurlé et ça a réveillé Fabrice et…

– Allez allez, les petits loups ! Brossage de dents et au lit. Vous devez tous avoir fini vos sacs !

Yoan s'est redressé en entendant la voix de Fabrice, justement. Il a jeté ses habits en vrac au fond de son sac, et puis sa pile de comics par-dessus. On a fini par aller dans la salle de bains commune en traînant des pieds.

On s'est approchés des robinets.

On était les derniers, tous les autres étaient déjà au lit.

Et c'est LÀ qu'il s'est passé ce truc incroyable qui a changé le cours de l'histoire, nous a fait repartir à l'aventure, et surtout… qui nous a évité de partir en séjour de vacances avec le foyer.

Lorsque j'ai tourné le robinet, l'eau n'est pas sortie tout de suite. Une crevette s'est extirpée du robinet pour atterrir dans le lavabo.

Oui, tu as bien lu : une *crevette*. Rose, avec une carapace brillante et des petits yeux noirs en tête d'épingle. Ça, déjà, au départ, c'était super bizarre, évidemment. Mais ce n'était pas le plus dingue. Ce qui nous a vraiment estomaqués, c'est qu'elle a levé vers nous ses antennes qui bougeaient doucement et qu'elle s'est mise… à parler.

– Crevette Algernon pour vous servir, messieurs. Je suis en service recommandé pour votre amie Linda, ancienne pensionnaire de ce foyer et aujourd'hui apprentie sorcière de la forêt.

Comme on avait tous les deux les yeux écarquillés et qu'on restait muets comme des hérissons, la crevette a repris, d'une voix moins assurée :

– Je suis bien au foyer d'enfants, groupe des Myosotis ?

On a opiné du chef, la bouche toujours ouverte, les yeux toujours écarquillés.

– Vous êtes bien Abdou et Yoan ?

Rebelote : deux petits hochements de tête simultanés.

– Vous êtes muets ? Ou autistes ? Linda ne m'avait pas prévenue que c'était un foyer pour enfants spéciaux…

Là, Yoan s'est raclé la gorge pour répondre, reprenant ses esprits. On en a vu des trucs bizarres ces derniers temps, pourtant. Mais le coup de la crevette au bout du robinet, on s'y attendait vraiment pas.

— Non non, on n'est pas muets.

— Ni autistes.

— On t'écoute, le fruit de mer.

— De *rivière*, mon cher. Pas de mer. Oui, c'est étrange, j'ai même envie de dire que normalement ça n'existe pas, mais vous avez devant vous un représentant de la seule, l'unique, l'exceptionnelle espèce de crevettes de rivière connue à ce jour – ou plutôt inconnue, d'ailleurs.

— Enchanté, j'ai dit.

— Salut, a dit Yoan, qui commençait à avoir envie de rire.

— Que je vous explique pourquoi je suis ici : Linda m'a chargé de venir vous chercher. Elle a besoin de votre aide. Tous les habitants de la forêt vivent une période… pénible, disons. Voire carrément néfaste. Une aide humaine ne serait pas de refus. Or, Linda semble convaincue que, je cite, « sous vos airs ahuris, vous n'êtes pas si nazes que ça ».

– Elle en a de bonnes, Linda ! a dit Yoan en secouant ses cheveux. On est censés te suivre ? (J'ai eu une vision fugitive de nos grands corps rétrécis passant par le robinet, puis les tuyaux de la salle de bains, puis… les égouts ?!)

– Dis donc Algernon, t'es passé par où pour venir nous chercher ?

– Oh, par-ci par-là. J'ai un bon sens de l'orientation. Et puis une sorcière m'a jeté un GPS.

– Un quoi ?

– Un sort spécial : un Génial Pouvoir de Sioux. Avec ça, impossible de se perdre.

Si Linda avait des ennuis, il était hors de question qu'on reste sans rien faire, évidemment. On n'a même pas eu besoin de se concerter pour savoir qu'on allait agir en conséquence, et qu'on trouverait bien le moyen de rejoindre la forêt demain matin (mais certainement pas en passant par les tuyaux, ni par les égouts). Algernon a sauté sur le robinet, il a glissé sa queue dans le tuyau et a replié son antenne en salut militaire.

– Bon ben salut les gars, Linda a dit que pour la suite, vous étiez du genre débrouillards. On se reverra là-bas.

Et il a disparu.

« ON Y VA POIL AU BRAS »

Évidemment qu'on allait trouver une solution pour retrouver Linda. Évidemment qu'on n'allait pas la laisser seule dans une situation qui…

Mais *quelle* situation, au fait ? La crevette avait été plutôt expéditive, on ne savait pas grand-chose du danger qui menaçait notre amie et les autres habitants de la forêt. J'ai pensé à la Grande Sorcière Sage, à son assistante Bélusine, aux Loups, et même à Darbi-Botre et sa bande d'ogres loubards. Qu'est-ce qui pouvait bien les menacer ?

En même temps, il était super tard, on tombait de sommeil, et on était censés partir en séjour le lendemain à l'aube. Alors on a dormi. Pas si nazes, et même débrouillards, OK ; sauf qu'il nous fallait malgré tout une bonne nuit de sommeil pour être vraiment opérationnels.

Et justement… c'est au matin qu'on a eu une sacrée surprise.

Quand on a débarqué dans le salon pour le petit dej', Yoan et moi, on ruminait nos idées, qui commençaient à se rejoindre sur un même point : se tirer en douce au moment du départ. Pas évident à réaliser comme plan, et plutôt risqué. C'était pas la stratégie la plus finaude qu'on ait élaborée tous les deux.

J'ai bu mon chocolat chaud en fixant le lait qui tournoyait comme si j'allais rétrécir et plonger dedans pour y trouver la solution. Mais la solution, elle est venue à nous sans qu'on ait besoin de la chercher.

On a d'abord entendu le rire de Fabrice, derrière la porte du bureau de permanence. Puis une petite voix qui nous a fait sursauter : une petite voix qu'on connaissait bien.

– Oui, jeune homme ! Et c'est comme ça que j'ai fait la connaissance de Dalida. On a chanté *Mourir sur scène* en duo, c'était extraordinaire, je peux vous l'assurer !

– J'en reviens pas, a dit Fabrice. Un duo avec Dalida !

La petite voix – aigrelette – s'est mise à chanter :

Vieeens, mais ne viens pas quand je serai seule
Moi qui ai tout choisi dans ma vie
Je veux choisir ma mort aussiiiii

Plus de doute : c'était Janine. Notre bonne vieille Janine, qui passait son temps à chanter des vieux trucs ! Janine qui avait tenu tête aux ogres, amadoué les Loups, Janine qui avait été transformée en hermine et dont le passé tumultueux et aventurier nous avait tant fascinés*. Janine, la copine de notre Ogre au pull vert

---

* Tout ça s'est passé dans *L'ogre au pull rose griotte*, mais tu l'as lu, non ? Sinon, tu le liras une autre fois, d'accord ?

mouta… non, rose griotte ! Qu'est-ce qu'elle fichait là, dans notre foyer, à chanter du Dalida à notre éducateur ? Ou plutôt *avec* notre éducateur, vu qu'il avait lui aussi entonné un nouveau couplet :

> Ma vie a brûlé sous trop de lumière
> Je ne veux pas partir dans l'ombre
> Moi je veux mourir fusillée de laser
> Devant une salle cooooooomble

Yoan a englouti sa tartine de confiture et on s'est approchés du bureau. J'ai doucement poussé la porte…

… pour tomber sur le tableau surréaliste que formaient

Fabrice et Janine : elle, toute petite avec son chignon blanc, lui immense et ébouriffé, les yeux tout lumineux, chacun un stylo à la main en guise de micro !

Moi je veux mourir sur scène
le cœur ouvert, tout en couleeeeur

Ouh là, il était temps qu'on intervienne, c'était n'importe quoi. Je me suis raclé la gorge, tandis que Yoan refermait derrière nous la porte du bureau – en la claquant, bien sûr. Les deux ont sursauté au milieu du refrain et Fabrice nous a regardés comme si on venait de le surprendre sous la douche.

– Salut Janine, a fait Yoan.

Janine lui a répondu par un immense sourire, mais en même temps elle fronçait les sourcils (c'était bizarre, ça lui faisait une tête un peu flippante), et elle s'est mise à cligner d'un œil en même temps (super flippante).

– Ben mon grand poussin, tu peux m'appeler MAMIE, comme d'habitude, voyons !

Mamie ? On l'avait jamais appelée comme ça, Janine. Sûr que si on l'avait fait, d'ailleurs, elle aurait pas aimé du tout.

Yoan a tiré sa tronche de carpe. J'ai fini par comprendre, un peu plus vite que lui, le plan de Janine (à cause de l'espèce de clin d'œil qu'elle s'évertuait à faire, comme si elle avait un scarabée sous la paupière).

– Tu me présentes ta grand-mère ? j'ai demandé à Yoan.

– Ma gr… OUI ! Bien sûûûûr, ma grand-mère ! Salut Mamie Bigoudis, ma maminette adorée !

Il en faisait un peu trop. Côté théâtre avec Yoan, on briguait pas l'Oscar. Il a continué vaillamment :

– Mamie d'amour, je te présente Abdou, mon meilleur copain.

– Enchantée, jeune homme, a dit Janine en me serrant la main comme si elle me voyait pour la première fois.

Ses petits yeux malicieux me fouillaient d'un air attendri. Je pouvais presque deviner ce qu'elle pensait : *Mon Dieu qu'il a grandi !* (tu parles, on s'était quittés il y a deux mois.) Coup de chance, elle était obligée de se taire pour jouer le rôle à fond.

Fabrice n'y a vu que du feu. Faut dire qu'elle lui avait bien retourné la tête avec ses chansons du temps d'avant ; et c'était très bien joué de sa part, vu que Fabrice est le type même du rêveur nostalgique incapable de s'adapter à son époque. Pour lui, le *temps d'avant* c'est forcément une période extraordinaire qu'il aurait adoré connaître, vu que tout était forcément mieux que maintenant, ici, en ce moment… Ça se voit à la façon dont il flotte dans la sienne, d'époque. Ça se voit à la façon dont il grimace dès que l'un d'entre nous écoute de la musique, de la *bonne* musique selon nous, du *bruit* selon lui.

– Ta grand-mère est venue te faire une proposition, Yoan. Et je pense que ça va te faire plaisir, vu que tu ne semblais pas très motivé pour l'Ardèche…

On a ouvert très grand nos oreilles. Très très grand. Fabrice a ajouté :

— Abdou, ça te concerne aussi… La grand-mère de Yoan propose de vous prendre tous les deux pour les vacances. Dans son chalet à la montagne.

De la main gauche, il a tapoté une petite pile de papiers sur son bureau, qui prouvait que Janine avait rempli son quota de paperasse pour qu'on puisse sortir de là.

Yoan et moi, on souriait comme s'il nous annonçait Noël en juillet.

— Si vos sacs sont faits, les enfants, vous pouvez aller les mettre dans la voiture, a dit Janine. Il y a une surprise pour vous…

On a filé récupérer nos sacs comme des bolides – glissade sur chaussettes pour foncer à l'aller, retour grinçant en baskets neuves sur lino moche. Yoan a fait un mini-bisou sur le front de la petite Zoé qui mangeait du cacao à la cuillère, j'ai adressé un signe de la main aux autres, qui déjeunaient en nous regardant d'un air stupéfait (ils étaient sans doute déçus que je ne parte pas avec eux pour leur raconter l'histoire du type qui s'était fait coupé la tête et qui… bref). On est passés devant le bureau – où Janine s'était remise à chanter –, on a braillé : « Salut Fabriiiice ! » et on a détalé comme des lièvres vers la sortie.

Qu'est-ce qu'on a couru ! On a couru à travers les couloirs, on a couru dans la cour, et on a couru jusqu'au portail pour découvrir, garée en épi devant le foyer, la décapotable de…

… l'Ogre, bien sûr !

« RETROUVAILLES AVEC ROMAIN, POIL AUX MAINS »

On a braillé de joie, il a rugi de plaisir. On a sauté sur place, il nous a envoyé de grandes tapes dans le dos à nous faire décoller du sol. C'était bien lui, barbu et puant, dans son pull rose, avec ses pustules énormes, ses oreilles énormes, ses mains énormes et son tout petit nez. Ah dis donc, comme on était contents de le voir, j'aurais pas cru à ce point.

– Alors les microbes ?! Ça va comme vous voulez ?

– Pas mal, a dit Yoan.

– Pas mal du tout, j'ai ajouté.

Il a passé sa grosse patte sur la tête de Yoan, qui s'est tassé sous la caresse.

– Non mais c'est quoi cette coiffure ? Tu t'es pris pour un ogre ?!

Yoan s'est renfrogné comme un ours.

– Ben ouais. C'est quoi le problème ?

– Tu rigoles ! Y a pas de problème, j'aime beaucoup !

Yoan a bougonné, un peu fier malgré tout. L'ogre l'a ébouriffé encore plus, j'ai même eu peur qu'il lui pète une cervicale.

– Et vous, alors ? j'ai demandé à l'Ogre. Toujours en maison de retraite, à croquer les vieux qui ne veulent plus vivre ?

– Oui oui – mais j'ai maigri, figurez-vous !

Il a tapoté son ventre pour orienter nos regards, et c'est vrai qu'il était moins massif que la dernière fois qu'on s'était vus : il flottait presque dans son grand pull rose. Il a eu un petit sourire mélancolique.

– C'est-à-dire que les vieux, si on leur rend la vie douce, ils n'ont plus tellement envie de se faire croquer… Entre mon vidéo-club et les discussions qu'on propose avec Janine, ils se sont pris au jeu. Maintenant, le soir, on s'installe au salon et chacun y va de sa petite histoire, et je peux vous dire qu'avec tout ce qu'ils ont vécu, y a de quoi remplir des soirées… Ils veulent la suite, vous comprenez ? Un peu comme quand vous commencez un bouquin : vous n'avez pas envie de vous arrêter au milieu.

On voyait bien.

– Ils ont tant de trucs que ça à raconter ? s'est étonné Yoan.

– Vous n'imaginez même pas ! Ils ont traversé le siècle ! Certains sont nés avant la fin de la guerre ! Ils ont connu l'…

Une petite tornade blanche venait de débouler : Janine en avait fini avec Fabrice.

– En roooute tout le monde ! elle a crié en bondissant tel un cabri sur le siège passager.

Yoan et moi, on a grimpé dans la voiture fossile (très vieille et très rigolote, mais pas du tout confort) tandis que l'Ogre s'installait au volant. Et c'est seulement à ce moment-là que, quand même, j'ai réalisé que l'arrivée impromptue de Janine et l'Ogre coïncidait *exactement* avec le moment où on avait besoin d'eux. C'était quand même étrange. Yoan, lui, ça n'avait pas l'air de trop le perturber, mais c'est une bonne nature…

– Dites, les amis, j'ai commencé alors que l'Ogre prenait un rond point tout droit, vous êtes – *blam !* – venus – *blam !* – nous chercher pour quoi – *blam !* – exactement ?

La voiture faisait des bonds, et nous aussi. Je me suis agrippé au siège du conducteur comme aux barrières de sécurité du grand Huit.

– T'es pas content de nous voir ? a demandé Janine d'une petite voix chagrine.

– Ah si si si, bien sûr, mais…

– Appel d'urgence ! a tranché l'Ogre. On a été convoqués hier soir par…

– … une crevette ?!

– Exactement ! Une crevette ! Comment tu sais ça, toi ?

– Elle est venue nous voir, nous aussi. Il paraîtrait que Linda est en danger.

– Pas seulement Linda, figure-toi. Toute la forêt est menacée par une *chose*… mais on n'a pas réussi à en savoir plus.

La voiture a pris de la vitesse. C'était incroyable de se retrouver là, à nouveau, en route pour la forêt. Malgré le fameux *danger* qui nous inquiétait quand même un peu, je pouvais pas m'empêcher de me sentir joyeux de retrouver l'Ogre, Janine, et de penser qu'on allait revoir Linda,

notre Linda ! Notre copine à la vie à la mort, avec qui on avait vécu un max d'aventures, et qu'on avait laissée dans la forêt, métamorphosée en koala… en apprentissage pour devenir sorcière.

Hé, je précise : c'est elle qu'avait voulu rester là-bas, hein ! On ne l'avait pas abandonnée ! Nous, elle nous manquait plutôt, et le foyer paraissait bien vide sans elle et ses fugues à répétition, sans parler de son sale caractère et de ses colères légendaires (même la bande du frère de l'Ogre en avait gardé un souvenir flippant).

On a roulé toute la journée. La dernière fois, le trajet avait duré une nuit entière, alors on avait dormi. Cette fois-ci, on pouvait voir se dérouler le paysage comme dans un film, des grandes zones moches avec des magasins, puis d'immenses usines qui ne fonctionnaient même plus, et enfin la campagne. Ça a pris du temps, et tout ça la tête au vent, à écouter Janine nous chanter une bonne partie de son répertoire… quand elle ne nous collait pas des sandwichs énormissimes entre les mains.

— Il faut vous nourrir, sacredieu ! Vous êtes tout maigres !

Quand on est arrivés à l'orée de la forêt, la nuit tombait. Janine ne chantait plus. Les ombres s'étiraient comme des géants et menaçaient d'engloutir la voiture, et nous avec. Le tuf-tuf-tuf du vieux moteur résonnait dans le silence de la forêt. Pas une lumière, pas une lueur, pas une étincelle dans la nuit noire. Ça filait les chocottes, je vous jure.

Bizarre : d'habitude, en forêt, il y a toujours des bruits, des crissements, et des petites lumières genre reflet de la lune ou ballet de vers luisants. Là : rien. La nuit noire comme dans l'histoire horrible que je racontais aux autres, celle du type qui se fait couper la tête et…

— ATTENTION !!! a crié Janine en s'agrippant au pull rose griotte de l'Ogre d'une main, l'autre tendue vers le milieu du sentier.

L'Ogre a freiné si brusquement que les roues ont dérapé dans la boue ; le moteur a calé. La lumière des phares a clignoté et s'est éteinte. Alors, un silence énorme nous a cueillis, un silence si angoissant que j'ai eu terriblement envie que Janine se mette à chanter (même Dalida j'aurais bien voulu).

Mais Janine n'était vraiment pas d'humeur à ça ; elle avait toujours le doigt pointé devant elle, un peu tremblant. On a regardé : une forme noire et hirsute nous coupait la route, immobile. J'ai senti mes dents se mettre à claquer doucement. Yoan rentrait sa tête dans les épaules comme si ça pouvait le protéger.

Lentement, la forme s'est avancée vers nous…

« Peur dans les bois poil au foie »

– Aaaaaaaaaahrgh, a bramé Yoan en s'étranglant de frousse.

– Huuuuuuu, a crié Janine d'une toute petite voix.

– C'est *quoi*, ça ? a aboyé l'Ogre dans un grognement inquiet.

– C'est *qui*, vous voulez dire ? j'ai rectifié…

… car lorsque la forme a commencé à se diriger vers nous, j'ai reconnu ce dandinement mou, cette façon déterminée et lente à la fois de se déplacer. J'ai sauté hors de la voiture pour courir vers la chose poilue en braillant :

– Lindaaaaa !!!

J'ai attrapé La Boule dans mes bras tellement j'étais content (oubliant au passage que Linda n'est pas le genre de fille à qui on peut faire des gros câlins comme ça : même en animal, c'est risqué, un coup de patte est si vite parti).

C'était bien elle. C'était notre copine Linda, encore sous la forme d'un koala, comme on l'avait laissée quelques mois plus tôt. Enfin… pas *exactement* comme on l'avait laissée. J'ai senti que quelque chose n'allait pas. Une sorte de faiblesse dans ses pattes de koala, un drôle de silence sur nos retrouvailles. Et ce regard tristounet qui ne lui ressemblait pas…

– Linda ?

– Salut Abdou, a dit La Boule d'une voix sinistre.

Les trois autres se sont extirpés de la voiture et précipités à sa rencontre. Sauf qu'on n'y voyait vraiment pas grand-chose, alors ça se cognait, ça tâtonnait, et j'ai bien failli être éjecté dans le fossé par l'Ogre qui essayait d'attraper Linda pour l'embrasser (par moments, je vous jure, j'en ai sacrément marre d'être minus).

Mais soudain, une lumière a jailli d'entre les pattes de La Boule, au milieu de la mêlée. C'était une lumière multicolore genre Arc-en-ciel des Bisounours, tu vois ? (Ne fais pas comme si tu ne voyais pas : tu vois très bien).

La lumière faisait comme des flammes mais en fait ça brûlait pas. Je le sais parce que j'ai tout de suite approché ma main (je suis d'un naturel curieux, j'ai pas pu m'en empêcher…), et qu'elle a traversé le faisceau sans blessure, rien. Magique !

– Wahou, Linda ! Tu sais faire des trucs de ouf ! a lâché Yoan, les yeux comme des œufs Haribo.

– Sort de base, a répondu Linda sans enthousiasme : EDF.

– EDF ?

– Oui : Élément De Feu.

Ah ouais, quand même ! Yoan n'en revenait pas. Moi non plus, d'ailleurs. Qu'est-ce que j'aurais aimé savoir faire ça ! Et je voyais bien aux yeux brillants de Yoan qu'il pensait exactement la même chose.

– T'as appris encore d'autres trucs, Linda ? j'ai demandé.

– Deux-trois choses, ouais, elle m'a répondu de sa voix toute molle. Mais c'est pas super important à côté de ce qui se passe ici…

Puis, sans nous donner l'explication qu'on attendait tous, elle a jeté l'EDF devant elle : la flamme a pris la forme d'un… hérisson, qui s'est mis à trotter devant nous, ouvrant un chemin lumineux à travers la forêt. On l'a suivi. Linda nous a attrapé le cou avec ses pattes et a quand même réussi à sourire.

– Alors les gars, quoi de neuf ?

On la retrouvait enfin, notre boule de hargne… mais c'était pas le top non plus. L'Ogre et Janine nous suivaient, et les deux n'arrêtaient pas de papoter à voix basse – l'Ogre grommelant et Janine pépiant. À les entendre, ils semblaient très impatients de savoir POURQUOI ils étaient là et QUAND est-ce qu'on allait leur expliquer la nature du danger et QUI était derrière tout ça…

– Et mon frère, l'aurait pas pu venir, lui aussi ? a râlé l'Ogre.

Linda nous a regardés l'un après l'autre avec son sourire de koala qui s'élargissait, et je sentais bien qu'elle était heureuse de nous voir, même si elle restait inquiète.

– On va justement le retrouver, votre frangin Darbi-Botre, m'sieur l'Ogre. Et même toute sa bande de copains affreux. Je pensais pas que vous étiez si impatient de les retrouver !

– Ben si, un peu, a murmuré l'Ogre. On s'est réconciliés, tu te souviens ?

– Oui oui, mais vous savez, ils n'ont pas changé : toujours dégoûtants et voraces, avec un humour d'huître… Même si…

– Même SI ? on a demandé en chœur.

– Même si eux non plus n'ont pas la grande forme. Je vais vous expliquer.

On marchait sur le chemin, suivant toujours la boule piquante et lumineuse. Ça faisait des reflets dorés, roses et orange sur nos visages, et c'était beau mais un peu inquiétant. Yoan a soufflé :

– Peut-être qu'on va encore croiser les Loups ?

– Yoaaaan ! a gémi Janine. Notre petite Linda allait nous expliquer ce qu'il se passe, ce n'est pas le moment de parler des Loups !

– Au contraire, a répliqué Linda. Les Loups aussi sont concernés, et vous allez les retrouver bientôt.

– Ah bon ? Chouette !

Yoan a toujours eu un faible pour les Loups. Pourtant ils ne sont pas du genre joyeux : la dernière fois, on les avait plutôt trouvés déprimés et déprimants, mais Yoan reste un grand admirateur.

– Vas-y, Linda, a dit l'Ogre en passant son énorme paluche dans sa fourrure. On t'écoute.

Linda-Koala a cligné des yeux d'un air triste, puis elle a craché une boulette d'eucalyptus mâchouillée dans le fossé – là, on avait retrouvé notre copine, capable de viser la tête de n'importe qui avec un chewing-gum, et de faire mouche.

– Tout a commencé il y a quelques semaines… En premier justement, ce sont les Loups qui se sont mis à aller mal. Ils ont d'abord perdu des poils. Puis ils se sont sentis faibles, fatigués tout le temps. La meute n'arrivait plus à partir en chasse à travers la forêt. Quand ils se sont décidés à en parler aux sorcières… le mal nous avait déjà attaquées (j'ai noté au passage que Linda disait *nous* en parlant des sorcières, ce qui voulait dire qu'elle était vachement bien intégrée, notre copine). Hé oui : les sorcières aussi s'étaient mises à perdre leurs cheveux, et vous savez que pour elles, c'est super important !

On a acquiescé. Janine a frissonné en tapotant son chignon. Linda, elle, a soupiré tristement avant de reprendre :

– Ça ne s'est pas arrêté là. Non seulement le mal a gagné aussi les Ogres, qui se sont mis à perdre de leur force et de leur appétit, mais tous les habitants de la forêt ont commencé ensuite à mélanger les mots, à perdre des bouts de mémoire... Bon, ils sont là depuis si longtemps qu'il y a de la marge avant l'amnésie totale, mais c'est tout de même inquiétant. Très inquiétant. Les sorcières, elles mélangent les filtres, se trompent d'ennemis, lancent des sorts sur les mauvaises personnes... Et puis il se passe des choses bizarres : certains animaux se sont mis à muter... Les crevettes, par exemple ! Elles ont chopé des drôles de capacités. Et certains poissons se sont vu pousser des pattes. Vous imaginez ?!

– Est-ce que vous savez d'où ça vient ? j'ai demandé.

– On a une petite idée, oui... mais ça, vous allez le découvrir bientôt. Parce que je vous amène à une réunion collective rarissime, qui rassemble toutes les espèces en cas de catastrophe majeure.

Oh làààà : *Catastrophe majeure*, ça sonnait pas super bien. C'était vraiment flippant, son histoire. Et Linda, pour nous la raconter, avait pris une voix terrible, basse et triste, que je ne lui connaissais pas. D'habitude, Linda est souvent en colère, mais elle camoufle drôlement mieux sa tristesse et sa peur. Elle a repris :

– La situation est grave, et ce soir, toute la communauté de la forêt se réunit pour essayer de trouver une solution. Autant vous dire que c'est pas gagné, vu l'ambiance et les vieilles rancunes entre nous. Mais là, on n'a pas trop le choix.

– Et… t'as pensé à nous pour vous aider ?

– Ça t'étonne ? Je pensais qu'avec tout ce qu'on a vécu, t'aurais un peu plus confiance en toi, Abdou !

– C'est pas ça, mais… on n'est pas si forts que des ogres ! Ni aussi doués que des sorcières ! Et beaucoup moins impressionnants que des Loups !

Yoan a bougonné, il avait pas l'air d'accord. Linda a repris :

– Je ne sais pas. Moi en tout cas, je me suis dit qu'il fallait reformer notre trio… enfin, avec l'Ogre et Janine aussi, pour affronter ça. On s'est sortis de situations vraiment difficiles, alors je vois pas pourquoi vous ne pourriez pas nous aider.

– C'est vrai ! a braillé l'Ogre. Déjà, la toute première fois, vous m'avez échappé alors que j'étais bien décidé à vous croquer, et ça, c'était pas facile* !

---

* Ça, c'est dans *L'ogre au pull vert moutarde*. Mais ne me dis pas que tu ne l'as pas lu, je ne te croirai pas.

On a rigolé tous les trois au souvenir de cette nuit incroyable, et ça nous a fait du bien, le rire au milieu des ombres, après le discours de Linda.

– Tu nous montres les tours que t'as appris, pendant qu'on marche ? a demandé Yoan, tout excité.

– Allez, d'accord ! a répondu Linda.

Et je me suis dit qu'on fonçait encore dans une drôle d'histoire, mais que c'était drôlement chouette d'avoir des copains comme ça.

BONUS N°1

CE QU'ON APPREND CHEZ LES SORCIÈRES,
PAR LINDA

Fabrication de **M.D.M.A** : **M**élange **D**élicieux de **M**erveilleuse **A**mbiance, filtre qui rend joyeux et euphorique. Très prisé dans les fêtes, surtout celles des sorcières.

Sort de **L.E.A** : **L**angue des **E**spèces **A**pproximative, sort qu'on s'applique à soi-même pour parler la langue des autres espèces et des animaux. Bien pratique pour découvrir les coins à champignons, par exemple en discutant avec les sangliers.

Fabrication de **L.O.V.E** : **L**angoureuse **O**pération de **V**oluptueux **E**ntretien, filtre d'amour donc – tout à fait inutile, il n'y a bien que cette idiote de Bélusine pour trouver de l'intérêt à ce genre de chose. J'ai réussi à en

fabriquer un et je n'ai pas voulu le tester (on teste toujours nos expériences normalement), je n'avais aucune envie d'avoir un troll énamouré devant ma porte, vous imaginez l'horreur ? Alors je l'ai vidé au pied d'un troène, un arbre immense qui fait des feuilles en goutte.

Hé ben, figurez-vous que ça a marché, et que l'arbre n'a pas arrêté de ployer vers moi dès que je mettais un pied dehors ! Il s'est mis à pousser en direction de notre cabane, avec des branches immenses et feuillues, jusqu'à la fenêtre de ma chambre. Je dis pas, un arbre amoureux c'est moins galère qu'un troll ou un humain, mais quand même...

Sort de **P.O.I.S.S.O.N** : **P**réparation d'**O**ubli **I**nstantané **S**ystématique, **S**érieusement **O**riginal et **N**uancé, pour modifier les souvenirs de l'autre : ce n'est pas exactement un sort d'oubli, mais une transformation partielle de la mémoire. Très intéressant en cas de débat, pour faire croire à l'interlocuteur qu'il a changé d'avis tout seul, ou juste pour avoir raison et le dernier mot.

Filtre pour réussir **le bœuf bourguignon** : bon, ça, c'est juste pratique pour faire croire qu'on est un super cuistot.

Ça ne fait que quelques mois que je suis ici, je suis encore en apprentissage... mais c'est déjà pas mal !

« RASSEMBLEMENT AUTOUR DU FEU POIL AUX YEUX »

On marchait depuis un petit moment quand on a entendu des voix, beaucoup de voix, qui parlaient toutes en même temps, se coupaient et se criaient dessus à intervalles réguliers. Linda s'est tue, elle nous a fait signe d'approcher lentement.

– La réunion a déjà commencé, elle a chuchoté.

On s'est glissés entre les arbres, on dérapait dans la boue – nos baskets allaient prendre cher – parce que c'était déjà le début de l'automne. Je me suis dit que finalement, qu'on parte en séjour avec le foyer ou à l'aventure avec l'Ogre, il y avait toujours un moment où on se retrouvait à crapahuter en forêt – et à flinguer nos baskets.

J'ai remarqué des lumières qui bougeaient et dessinaient de grandes ombres tremblées au travers des arbres : c'était étrange et mystérieux. Malgré la trouille, je ne pouvais pas m'empêcher d'être excité à l'idée de replonger dans ce monde-là, celui de la forêt, celui de notre ami l'Ogre, devenu aussi celui de Linda. Le foyer était déjà loin, et j'ai bien vu, au sourire de Yoan, qu'il partageait la même impression.

Les lumières orangées caressaient nos visages. En s'approchant encore, on a pu voir un énorme brasier monter très haut dans le ciel, avec plein d'étincelles qui papillonnaient dans l'air, et des tas de gens agglutinés en arc de cercle tout autour. Enfin, des *gens*, faut le dire vite… en fait, il y avait là :

* **Des sorcières**, bien reconnaissables à leur look punk et leurs gestes autoritaires ; j'ai reconnu Bélusine, l'apprentie écervelée qui nous avait transformés en animaux – elle se rongeait les ongles avec concentration et les crachait dans le feu (berk).

* **Des Loups**, dont la voix grondante appelait le respect, et qui tournaient sur eux-mêmes d'un air préoccupé.

* **Et les og...**

– DARB !!! a braillé notre Ogre en courant au milieu de la foule pour attraper son grand frère à bras-le-corps.

Toujours aussi grand, toujours aussi laid, des pustules affreuses sur la figure, Darbi-Botre a souri de toutes ses dents noircies...

– ROMAIN !!! a-t-il répondu en lui collant de grosses beignes d'amour.

Les deux rigolaient bêtement, un peu comme Yoan et moi quand on se retrouve après une longue séparation (quand je pars en famille d'accueil pour les vacances, par exemple).

Un lourd silence s'est installé. Tout le monde les regardait. Tout le monde *nous* regardait. On s'est avancés timidement au cœur de la clairière, plus près du feu. C'était super dur d'être observés comme ça : le genre de situation que tout le monde déteste. Ça m'a fait penser aux interrogations orales de Monsieur Durite, mon nouveau prof de français (tu sais, quand tu remontes tout seul du fond de la classe vers le tableau, et que tous les yeux sont braqués sur toi, et que tu sais d'avance que ça va être un fiasco parce que tu as joué la veille à la PSP avec ton meilleur copain jusqu'à pas d'heure au lieu de réviser ton participe passé ? Arrête de faire comme si tu ne savais pas. Tu sais très bien.)

Heureusement, La GSS nous a reconnus et elle s'est détachée de son groupe de sorcières pour venir nous saluer. Elle portait un turban rose griotte, de la couleur du pull de l'Ogre.

– Salut les minimoys !

– Bonjour Madame, j'ai dit.

– Bonjour Madame, a dit Yoan.

– Mes respects, a dit Janine, avec des petits plis de rigolade au coin des yeux.

Elles s'étaient bien entendues toutes les deux, la dernière fois. Pas tout de suite, mais une sorte de… complicité avait vite remplacé la méfiance.

Parmi les ogres, on a reconnu un par un les membres de la bande à Darbi-Botre. Affreux, sales et morfales, les sept monstres nous ont fait des petits coucous avec leurs mains en pales de ventilo. Et c'est Crasmo-Tharasse, le plus jeune, qui s'est approché en premier, suivi de

Vobilet Minelin, le costaud tatoué de partout. Crasmo tenait un canard au bout d'une laisse. C'était bizarre mais on n'a pas eu le temps de s'en préoccuper, parce qu'autre chose nous a sauté aux yeux : quelque chose n'allait pas, c'était évident.

TOUS étaient… MALADES, en effet. Linda nous avait prévenus, mais on n'avait pas vraiment réalisé ce que ça pouvait signifier : amaigris, les yeux cernés, pâles comme des spectres, et… chauves. Pas tous, mais à vrai dire, ceux à qui il restait quelques touffes de cheveux faisaient encore plus peur. Ça nous a fait un drôle d'effet. Dans leur coin, les Loups pelés et faméliques nous jetaient des regards inquiets, comme s'ils n'étaient plus en mesure de nous croquer d'un coup de mâchoire.

– Ben… qu'est-ce qui t'arrive, frangin ??? a demandé notre Ogre, affolé, en tapotant les épaules de Darbi-Botre, d'une maigreur surprenante pour qui l'avait déjà rencontré en pleine forme – ce qui était notre cas.

Darb a soupiré. La GSS a détourné la tête. Les Loups laissaient traîner leurs museaux dans la boue.

La voix de l'Ogre a résonné au milieu de la clairière :

– **Vous allez nous expliquer, oui ??!**

– Ouais, c'est quoi ces têtes ? a ajouté Yoan.

– C'est vrai que vous faites carrément peur… Heu, je veux dire, presque plus que d'habitude, quoi.

(Ça, c'était moi.)

La GSS a levé un sourcil et planté ses poings sur ses hanches.

– Tu ne leur as pas expliqué, Linda ?

Linda-Koala a remué la truffe, secoué la tête.

– Un tout petit peu. J'ai pensé qu'ils se rendraient mieux compte en vous voyant…

Ça, pour voir, on voyait…

L'Ogre est devenu de plus en plus rouge. Ça jurait avec le rose de son pull…

– **QUI vous a fait ça ???!!**

Linda lui a souri sous sa fourrure. Elle avait l'air contente de retrouver les grosses colères de notre gros copain l'Ogre. Darbi-Botre a commencé :

– On pense que…

– On ne pense pas, on *sait* ! On sait très bien qui nous a fait ça ! l'a coupé la GSS.

– Elle a raison, a renchéri le Loup (je l'ai reconnu, c'était le grand Loup noir qui nous avait guidés dans la forêt quand on était perdus). On **SAIT**.

Et il a levé son museau vers le ciel… enfin, pas exactement le ciel. Vers le haut, plutôt. On a suivi son regard : une immense pyramide de métal et de béton se détachait au travers des arbres et sur le ciel sombre. Il était loin, mais tellement grand qu'on en voyait l'extrémité du cœur de la forêt. Brrrr ! C'était QUOI, ce truc ?

– C'est QUOI, ce truc ? j'ai demandé.

« Un avenir terrifiant poil aux dents »

– Un puits d'extraction de gaz, a répondu Janine d'une voix triste.

– Exactement, a repris la GSS. On a mis plus de temps que vous à identifier ce que c'était, mais on a fini par comprendre.

– Tout est pollué aux alentours, et le pire… c'est que ça passe dans la rivière, a ajouté sombrement le Loup.

– Et nous, on boit l'eau de la rivière, a conclu un des ogres.

– Oui, bon, on sait tout ça ! s'est écriée une petite sorcière maigrichonne, dont le crâne lisse était couvert de dessins multicolores. Il faut faire quelque chose, ça suffit de discutailler ! On est en train de perdre tous nos pouvoirs !

– Et nous notre force, a reconnu Darbi-Botre.

– Sans compter que…, a commencé Linda.

– … la rivière descend sur la ville ! j'ai conclu dans un grand flash de compréhension.

– Bien vu, Abdou, ça ne m'étonne pas de toi. T'as toujours été le plus futé d'entre nous ; moi, j'ai pas réalisé tout de suite.

– Ben oui, la rivière, on s'y baigne souvent pendant les week-ends. Et puis, vu la fumée dégoûtante qu'il relâche, ce gros machin, ça doit pas être seulement la rivière qui est touchée…

– Alors on fait quoi ? a répété la sorcière bariolée, qui commençait sérieusement à s'impatienter.

– **On casse tout**, a vrombi Darbi-Botre.

– On *réfléchit* d'abord, a répondu la GSS. On a perdu une partie de nos pouvoirs, mais pas notre intelligence.

Elle a observé les ogres. Face à leurs faces molles et leur air bêta, elle a soupiré.

– Enfin, pour ceux qui en avaient au départ.

– **Hé, oh !** s'est insurgé Darb en essayant de gonfler ses biceps (ce qui donnait raison à la GSS, soit dit en passant).

Mais il n'a rien dit d'autre, en fait. On l'a senti un peu vexé, mais il s'est finalement dégonflé. D'abord parce qu'il savait bien que les sorcières sont quand même plus malignes que les ogres (c'est un fait établi depuis des millénaires), et aussi parce qu'il était trop faiblard pour s'en prendre à qui que ce soit. C'était étrange, d'ailleurs, de voir ces grands gaillards tout amoindris par la maladie. Quand je repensais à la trouille MONSTRUEUSE qu'ils nous avaient faite quand on les avait rencontrés !

– On réfléchit d'abord…, a répété la GSS en se grattant le turban. Vous, les Loups, vous en pensez quoi ?

Le chef des Loups a remué les oreilles. Ses babines tombaient tristement sur ses grandes canines. Il a levé ses yeux larmoyants vers la GSS.

– Tout détruire, tout détruire… est-ce une solution ? Y parviendrions-nous que d'autres jailliront. Le monde va à sa perte, depuis le temps qu'on le dit. Un peu plus ou un peu moins, c'est pas nous qui…

– Ah ben super ! Belle mentalité !

Notre Ogre surplombait le Loup de toute sa taille. Comme il n'était pas malade, lui, il était très impressionnant, et pour la première fois de sa vie, plus que son frère.

— Non mais écouteeez, a couiné le Loup en rasant la bouillasse de son poitrail pelé, ce que je veux dire c'est que la violence ne résout rien… Et de toute façon, on est trop faibles face à la menace…

Janine s'est plantée devant le Loup, qui a souri malgré sa mine piteuse.

— Oooh, petite grand-mère, je ne t'avais pas reconnue ! Tu chantes toujours aussi bien ?

— Oui, et je vais te chanter deux-trois trucs pour réveiller tes neurones, mon p'tit loup ! Je suis d'accord avec Romain, moi. Vous n'êtes pas si faibles que ça, puisque vous avez réussi à vous rassembler pour chercher des solutions. Donc, vous êtes… NOUS SOMMES nombreux.

— C'est vrai, a reconnu la Grande Sorcière Sage en regardant un par un les membres de la petite foule amassée autour du feu.

Et c'était vrai. Elles n'étaient certes pas au top de leur forme, les créatures de la forêt, mais elles étaient là, nombreuses et unies.

– Oui, mais ça ne suffit pas, a dit Darb en regardant la GSS avec insistance.

– Il nous faudrait une plus *grande* aide, a marmonné celle-ci.

– Une aide… énorme, a dit Darb.

– Hum… Colossale, tu veux dire ?

– Brûlante, même !

Là, on a senti qu'un truc nous échappait. Darb et la sorcière se comprenaient parfaitement mais nous, on était perdus. De quoi est-ce qu'ils parlaient ?

Les autres créatures, les unes après les autres, écarquillaient les yeux. Quelques sorcières ont compris de quoi ils parlaient, et ont commencé à chuchoter entre elles, complètement survoltées. Elles poussaient même des petits cris excités (un peu ridicules, pour des sorcières). Le Loup s'est mis à frissonner, l'échine ébouriffée d'inquiétude.

– Non non non, a chanté plaintivement le Loup. Vous êtes fous ! On ne peux pas…

– On ne peut pas *quoi* ? a demandé un ogre, qui n'avait toujours pas compris (comme nous, d'ailleurs, on nageait complètement : Yoan, la bouche entrouverte, me lançait parfois des petits regards de connivence, genre « T'es aussi largué que moi ? » Et je l'étais).

Alors Darb s'est tourné vers les siens et a forcé la voix pour être entendu de tous :

– L'heure est grave, mes amis, vous l'avez compris. Ce que propose la Grande Sorcière Sage, et je suis d'accord avec elle, c'est de faire appel à… au…

Il semblait hésiter, comme si prononcer le nom de la *chose* allait la faire apparaître.

– Nous devons demander de l'aide au DERNIER DRAGON, a poursuivi la GSS, en lui piquant son effet de surprise (Darb a d'ailleurs eu une petite grimace de gamin fâché parce qu'on lui a piqué son ours en peluche).

Des cris d'étonnement ou de frayeur ont fusé à travers la clairière.

– Hein ?
– Quoi ?
– Quoi ?
– Le drag... non !

– Ils sont fous !
– Il va tous nous brûler !
– Il est imprévisible !

Là, je te jure que dans mon ventre, une petite boule d'étincelles s'est mise à grossir, grossir, grossir, jusqu'à prendre toute la place ; un truc encore plus dingue que lorsque Bélusine m'avait transformé en renard… plus dingue que lorsqu'on a découvert que les ogres existaient, plus dingue que lorsqu'on a rencontré les Loups, ou même les sorcières !

Un *dragon*… J'ai visualisé un corps grand comme une montagne, des écailles rouges, des petites ailes en parapluie, des yeux fendus et dorés. Je me suis mis à répéter le mot tout bas, pour me persuader du truc :

– Un dragon, un dragon…

Et j'ai entendu la voix de Yoan, à ma gauche, qui répétait en boucle, exactement comme moi :

– Un dragon...

On n'avait pas l'air malins, c'est sûr.
Mais dans nos têtes se dessinait déjà la bête
la plus féroce et formidable qu'on puisse imaginer.
Et non seulement on pouvait l'imaginer, mais
elle *existait* !

BONUS N°2

LES CARACTÉRISTIQUES D'UN DRAGON POIL AU MENTON

(INFORMATIONS RÉUNIES PAR D'ÉMINENTS CHERCHEURS AU COURS DES SIÈCLES, ON N'A PAS LEURS NOMS, CERTAINS AYANT FINI GRILLÉS COMME DES CHIPOLATAS, D'AUTRES PRÉFÉRANT GARDER L'ANONYMAT PAR HUMILITÉ ET DISCRÉTION)

Nous ne nous étendrons pas ici sur les caractéristiques physiques du dragon. Il en a existé de toutes sortes, selon les régions et les époques. On peut tout de même énoncer une règle stable : ils sont énormes (de la taille d'une petite montagne), et ils crachent du feu (il a existé certains spécimens qui crachaient plutôt une sorte de vapeur d'eau brûlante à la place du feu, mais question efficacité, ça se valait). Autre caractéristique immuable, ils ont une mâchoire allongée et des dents tranchantes.

Pour le reste, c'est à dire leurs attributs psychologiques, il y a deux-trois petites choses intéressantes à savoir… (surtout si vous partez à la recherche de l'un d'entre eux) :

❚ Le dragon se met très vite EN COLÈRE : un rien l'irrite et il s'empresse alors de cracher du feu pour tenter d'éradiquer la source de cette colère.

2 Le dragon pense qu'il a TOUJOURS RAISON : si quelqu'un le contredit, il se met en colère et s'empresse alors de… (voir **1**)

3 Le dragon est GROGNON. Plus qu'un état d'esprit, c'est presque un art de vivre. Paraître trop joyeux passerait à ses yeux pour un manque d'élégance, voire une excentricité déplacée.

4 Le dragon vit la plupart du temps SEUL (on pourrait presque en déduire que le **4** est une conséquence du **1**, du **2** et du **3**… et on n'aurait pas tout à fait tort). Certes, il lui arrive de rencontrer un autre dragon du sexe opposé histoire de se reproduire, mais c'est souvent par nécessité ; le dragon aime vivre SEUL, il est asocial par essence.

5 CEPENDANT, le dragon aime aussi ÊTRE AIMÉ, admiré, regardé (c'est là que toute la complexité du dragon). Il voudrait que le monde entier s'ébaubisse sur ses écailles rouge vif (ou vert émeraude, jaune citrouille, etc), la souplesse de sa queue, sa démarche puissante, ses griffes agiles… ce qui rend la vie du dragon fort compliquée : il n'aime pas la société, mais il veut que la société l'aime.

6 Le dragon a souvent eu une ENFANCE DIFFICILE – les dragonnes étant à la fois très possessives et dénigrantes. Elles protègent les dragonneaux au dos encore tendre de tous les prédateurs imaginables, mais elles sont les premières à leur brûler les naseaux s'ils n'exécutent pas un vol parfait.

7 Malgré cette enfance difficile, le dragon est NOSTALGIQUE. Il pense que c'était toujours mieux avant, et qu'il est victime d'une malédiction qui rend sa vie toujours un peu moins intéressante au fil des ans (et comme les dragons vivent 22 674 921 ans, ça fait un paquet d'années à regretter celles d'avant).

On pourrait donc croire, après tout ça, que le dragon est vraiment infréquentable… mais ce serait une erreur. Si on prend le temps de gratter sous les écailles, on découvre qu'il peut s'avérer très COURAGEUX et BON CAMARADE. Voire SENSIBLE et GÉNÉREUX.

Il faut juste veiller à ne pas se faire cramer dans une de ses crises de colère, et ne pas se laisser rebuter par son petit caractère soupe-au-lait. Ses colères sont la conséquence d'une grande sensibilité, et sa grognonnerie la conséquence d'une grande solitude.

Après, si vous n'avez pas envie de faire de la psychologie avec les dragons, on peut comprendre.

Mais si vous avez un service à demander à un dragon, ça peut vous servir de savoir tout ça.

« UNE BIEN BELLE ÉQUIPE POIL AUX… TRIPES »
(HERK)

– Quoi ? Vous avez une autre idée ? a braillé la Grande Sorcière Sage en s'adressant aux effrayés qui chouinaient.

Un « heuuuuu », quelques toussotements, deux trois « *non, mais…* » sans suite lui ont répondu. Une sorcière s'est gratté le nez. Deux ogres se poussaient du coude, genre « *c'est toi qui l'as dit* », « *non, c'est toi* ».

Puis le silence. Le grand silence. Enfin, à part le crépitement des flammes, le bruit des braises qui explosaient ou craquaient sous la chaleur.

Un Loup s'est finalement avancé :

– *Qui* va aller lui demander de l'aide ? *Qui* serait assez sot, ou assez fou, pour ça ?

– Des fous, je ne sais pas, mais des sots, j'en vois un paquet par ici, a ricané la sorcière.

Le Loup a baissé les oreilles de colère (il s'était direct senti visé), mais avant qu'il ait dit quoi que ce soit, un ogre au pull rayé s'est interposé :

– On va pas commencer à se disputer, c'est déjà assez compliqué comme ça, vous croyez pas ?

(Tiens, je l'ai reconnu cet ogre, il avait vaguement défendu Janine quand le reste de la bande avait voulu la boulotter : des petites lunettes rondes, l'air sage et presque triste, avec un je-ne-sais-quoi d'humour narquois... c'était Dralou-Landa, son nom).

– C'est vrai, désolée, a répondu la sorcière.

Et elle a enfoncé ses mains dans les poches de son jean d'un air un peu gêné – mais pas trop non plus. Être obligée de s'organiser avec les autres espèces, on sentait bien que c'était pas sa tasse de thé. Sauf que le Loup avait raison : personne n'avait l'air très motivé pour aller le chercher, ce fameux dragon.

Il flottait dans l'air comme un gros malaise. Les malabars de la bande à Darbi-Botre regardaient leurs énormes pieds comme s'il leur poussait des plants de framboise entre les orteils. Les Loups courbaient l'échine, certains s'étaient remis à tourner sur eux-mêmes comme des chiots avant de se coucher en boule. Les sorcières faisaient encore un peu les fières-à-bras en regardant les autres de haut, mais le silence régnait aussi de leur côté.

C'est alors que Romain, notre ogre à nous avec son petit nez et son grand pull rose, s'est avancé au milieu du cercle.

– Moi, je vais y aller.

Sa voix a résonné dans le grand silence. Wahou ! On avait du bol d'être copains avec un ogre aussi courageux ! Hé hé, les autres ne faisaient pas les malins… mais lui, hop, ni une ni deux, il était prêt à aller chatouiller les oreilles du dragon pour sauver tout le monde ! La classe. La classe internationale.

– Moi aussi, je viens ! a couiné Janine en trottinant jusqu'à l'Ogre pour se pendre à son bras.

– Hé, *mamie chérie*, on vient aussi !

J'ai tourné la tête : c'était Yoan qui venait de lâcher ça, et ça m'a fait terriblement plaisir qu'il ne se demande même pas si j'avais la trouille ou quoi. C'était tellement évident qu'on allait y aller tous ensemble, et puis mince : un dragon, quoi ! Qui pourrait résister à un truc aussi incroyable ?!

Linda s'est approchée des autres en même temps que nous. Elle aussi s'était comptée dans le « on ». La bande se reformait.

Crasmo, le jeune ogre maigrichon, s'est énervé :

– Alors quoi, il faut que ce soit des humains qui nous montrent ce que c'est que le courage ? Non mais vraiment…

Et il nous a rejoints, avec son canard en laisse (qui, au lieu de faire « coin coin », émettait des petits bruits inquiétants du genre « niark niark »).

Là, on a vu une petite tornade rousse se précipiter vers nous : Bélusine, l'apprentie sorcière.

– Non mais vous croyez que vous allez vous en sortir en forêt sans l'aide d'une *vraie* sorcière ?

Linda a levé les yeux au ciel, mais avec un petit sourire joyeux quand même. Elle semblait contente que sa copine se joigne à la bande.

Et puis… on a remarqué une grande Louve grise qui s'agitait, dans un coin ; elle retroussait ses babines, menaçante, en grognant sur son louveteau :

– Non, tu n'y vas pas ! C'est hors de question, tu es trop petit !

– Si j'y vais.

– Non, tu n'y vas pas.

– Si, j'y vais.

– Je suis ta mère, c'est encore moi qui décide !

– Je suis pas si petit, et je suis moins malade que toi.

Le petit Loup a fait sortir ses canines d'un air bravache, les oreilles dressées au vent.

– Non non non, a répété sa mère.

Mais elle a été coupée par la Grande Sorcière Sage :

– Peut-être que tu devrais le laisser partir. L'heure est grave, la situation presque désespérée. Si on ne parvient pas à détruire *ça* (elle a tendu son doigt vers l'immense tourelle de métal), on va tous mourir, et ton petit aussi.

– Faisons confiance à la jeunesse, a sagement observé l'ogre à lunettes (Janine en a rougi de plaisir).

Le petit Loup s'est arraché au poitrail de sa mère, n'a pas pu échapper à une léchouille sur le museau, et a bondi vers nous.

On était huit. Une Communauté de Braves.

Huit à briller dans la nuit, au pied du géant pollueur. L'immense derrick, comme une forteresse imprenable, nous surplombait de toute sa hauteur, menaçant. On était huit courageux qui allaient trouver un DRAGON pour le rallier à notre cause et nous aider à sauver tout le monde. On était trop forts, et qu'est-ce qu'on était fiers !!

– Ne perdons pas de temps, a crié Linda. En route !

BONUS N°3

LES MODIFICATIONS CATASTROPHIQUES LIÉES À LA POLLUTION

PAR L'OGRE CRASMO

Sur la route, Crasmo, l'ogre maigrichon, nous a exposé toutes les modifications qui avaient eu lieu depuis que la pollution gagnait du terrain :

Les canards devenaient carnivores et tentaient de mordre tous les mammifères du coin : belettes, fouines, lièvres…

Les poissons ont soudain eu des pattes (alors ils ont essayé de vivre sur terre mais ils avaient toujours des branchies, ce qui a créé une vague de mortalité terrible).

Les crevettes se sont mises à parler et à s'organiser en armée pour conquérir les marécages (occupés depuis longtemps par les serpents et les sangsues).

Les serpents, eux, se sont vu pousser une deuxième tête au bout de la queue (les têtes se disputaient à longueur de temps et n'arrivaient pas à décider d'une direction à prendre).

Les chouettes se sont mises à vivre le jour et à dormir la nuit.

Les hérissons restaient en boule et ça devenait super dangereux : ils passaient leur temps à rouler comme des bogues de châtaignes et à piquer tous ceux qu'ils croisaient.

« VERS L'ANTRE DU DRAGON POIL AU BIDON »

C'est vrai que sans indication, on aurait pu faire les fiers tant qu'on voulait, on aurait fouillé toute la forêt sans jamais voir la moindre ombre de griffe de dragon.

Heureusement qu'avant de partir, la GSS, dans un soupir épuisé par la maladie, nous avait révélé deux-trois infos essentielles. Elle nous avait aussi raconté l'époque où elle était guitariste avec son groupe de punk-rock, « Les Strangers Sisters », et elle nous avait parlé du concert absolument incroyable qui avait eu lieu en 1964… preuve qu'elle n'avait pas encore perdu sa mémoire (même si elle mélangeait un peu les infos marrantes et les infos **urgentes**).

On est donc parti en direction du Nord, droit sur les collines. Linda et Bélusine avaient toutes les deux invoqué un sort d'EDF, on avait donc deux hérissons lumineux pour nous guider dans le noir. On formait une drôle d'équipée, tout de même… avec le canard de Crasmo-Tharasse qui tirait sur sa laisse pour essayer de mordre les hérissons (oui,

mordre !), le petit Loup qui avait bien envie de croquer le canard, Crasmo qui faisait les yeux doux à Linda (même en koala, elle semblait lui plaire) et Bélusine qui bavassait sans s'arrêter. De son côté, l'Ogre portait Janine sur une de ses épaules parce que tout de même, elle n'était plus assez jeune, *mamie*, pour faire une telle route. Elle a entonné une petite chansonnette, un poème qu'elle avait appris quand elle était jeune et qu'elle avait mis en musique rien que pour nous :

Un serpent de mer arrive à bon port
il rencontre des journalistes
il leur explique quel est son sort
et pourquoi il se sent si triste
et d'où vient le fait qu'il existe

Au bout de peu de temps on se familiarise
on l'appelle par son petit nom
les femmes veulent lui faire des bises
un chasseur prépare du petit plomb

Quand il parle maintenant on ricane
plus question de lui à la télévision
on lui reproche d'obstruer la porte océane
ce qui amène de nombreuses protestations

Alors il retourne vers sa solitude marine
avant qu'on ne lui fasse un mauvais sort
s'il avait soufflé un peu de feu par les narines
peut-être aurait-il trouvé un plus accueillant port

Et ça rythmait notre marche.

Yoan et moi on écoutait d'une oreille distraite, tout à nos rêves de dragon.

J'imaginais un animal grandiose, majestueux…

Peut-être même que…

– Dis, Yoan, tu crois qu'on pourra monter sur son dos ?

– Tu crois qu'il garde un trésor ?

– Tu crois qu'il y a des squelettes de chevaliers brûlés à l'entrée de sa grotte ?

— Tu crois qu'il va nous brûler vifs ?

— T'es fou ! On vient en amis, quand même…

Et la simple idée de devenir l'ami d'un dragon me donnait des ailes pour avancer plus vite. D'ailleurs, je dois dire qu'on a été assez efficaces : on a marché sans s'arrêter, avec l'aide d'un TGV, c'est-à-dire un filtre de Top Géante Vadrouille que la Grande Sorcière Sage nous avait forcés à avaler avant le départ (c'était immonde, on aurait dit un mélange d'oignon cru et de betterave cuite). Du coup, on sentait pas la fatigue (juste l'oignon) et on filait comme des flèches à travers les collines.

Quand on est arrivés devant l'antre du dragon, le jour se levait. Ça faisait des petites lueurs orangées à la cime des grands pins, et on avait un peu froid à cause de l'humidité du petit matin. L'Ogre a levé un bras comme une barrière pour qu'on s'arrête. Il a tourné vers nous sa grosse face barbue et, en posant son doigt sur sa bouche, a émis un énorme Chuuuuuuuuut qui nous a tous figés.

Puis, il a fait un signe, pointant du doigt le tronc d'un arbre énorme, et l'immense porte incrustée dans le bois. On s'est tous approchés pour lire ce qui était inscrit sur le petit écriteau cloué au milieu :

Demeure de Gaspard le dernier dragon

Si vous êtes un ennemi, n'entrez pas :
je vous brûlerai vif

Si vous êtes un ami, n'entrez pas non plus :
je n'ai pas d'amis (et je n'en cherche pas, bien le bonjour chez vous, passez votre chemin)

Si vous êtes un colporteur, n'essayez même pas de me vendre quoi que ce soit, je vous torturerai avant de vous brûler

Si vous êtes une dragonne et que vous espérez repeupler le ciel avec moi, vous êtes mal tombée : j'aime pas les enfants et j'aimerais bien que mon espèce s'arrête après moi, vu le monde détestable dans lequel nous vivons

Si vous êtes un farfadet sympa qui cherche à me faire rire, n'entrez pas non plus : je n'ai aucun humour et vos pitreries me fatiguent déjà

Bref, qui que vous soyez :
laissez-moi tranquille !

Ah ben d'accord. Ça promettait.

« RENCONTRE AVEC LA BÊTE POIL À LA TÊTE »

– On fait quoi ? s'est écrié le petit Loup en rebondissant sur ses coussinets.

Il voulait clairement participer mais sentait bien qu'il n'avait pas encore l'échine d'un chef de bande.

– Ouais, on fait quoi ? a répété Crasmo en regardant Romain avec admiration (c'était quand même le frère de son chef : respect, quoi !)

– Ben on y va, a dit Linda (qui n'a jamais eu de respect particulier pour les chefs).

— On y va, j'ai répété (moi non plus j'aime pas trop les chefs, mais si je devais en choisir un, ce serait Linda, sans hésitation).

— Évidemment qu'on y va, a renchéri Yoan en soulevant ses grandes épaules comme si c'était une évidence (lui, si Linda et moi y allons, il est pas né celui qui l'empêchera de nous suivre).

L'Ogre et Janine nous ont souri comme à une portée de chatons. Janine a demandé à Bélusine :

— Toi aussi, tu veux y aller ?

La petite sorcière a repoussé du pied le canard de Crasmo qui tentait de lui mordiller les mocassins (ce canard était vraiment bizarre).

— Ben oui, évidemment ! Vous croyez que j'en suis pas capable ?

— Oh, on sait que tu es capable de beaucoup de choses…, a soufflé Janine, rancunière – elle n'avait pas oublié que Bélusine l'avait transformée en hermine lors de notre première visite en forêt.

Elle frétillait d'impatience, comme nous. Même si, dans l'ensemble, on avait quand même un peu les pétoches de finir en barbecue.

L'Ogre a frappé contre la porte de sa grosse main velue. On a attendu. Il a recommencé, encore plus fort. Des feuilles de l'arbre sont tombées sur nous, mais toujours rien depuis l'intérieur. Ça commençait à monter, l'impatience et la peur.

Janine s'est approchée tout contre la porte.

– Youhou, monsieur Gaspard ! On a un gros service à vous demander…

– Faudrait qu'on discute ! a ajouté Linda.

– **Faudrait qu'on discute !!** a répété l'Ogre, façon Ogre.

Alors on a entendu un drôle de bruit, comme une machine qui grinçait à l'intérieur de l'arbre (on a compris ensuite que c'était une sorte d'ascenseur qui montait et descendait à l'intérieur du tronc, mais à ce moment-là, on n'en savait rien du tout, et ces cliquetis et grincements m'ont fait penser à… des instruments de torture).

Par précaution, j'ai précisé d'une voix forte :

– **On n'est pas des colporteurs,** mais ma voix s'est éteinte en même temps que la porte s'est ouverte…

… sur le museau du dragon.

Il était là.

Tout comme dans mon rêve : rouge, les yeux dorés, énorme. Un long cou couvert d'écailles s'est allongé hors du tronc (ouh là) et il a ouvert sa gueule en grand (ouh làlààà).

Il a pointé une petite patte griffue vers l'écriteau en nous regardant d'un œil (doré, certes, mais) mauvais, trèèèès mauvais.

– Savez pas lire ?

On bougeait pas, on disait rien. On avait tous la bouche entrouverte, telle une bande de niais subjugués. Y avait même un peu de bave sur les babines du petit Loup.

– Hé ho, les marioles ! Je répète : VOUS SAVEZ PAS LIRE ???!!

Une odeur de braise a chatouillé nos nez. Une immense chaleur a gagné nos corps fatigués et frileux. Et pourtant… il n'avait pas encore craché son feu ! Un simple aperçu de son souffle terrible, de son haleine de fournaise. Pris d'admiration, je me suis avancé vers lui (oui : moi non plus, à l'heure actuelle, je ne sais toujours pas si c'était très courageux ou très stupide), j'ai mis un genou en terre et je me suis mis à parler au nom de tous :

– Nous sommes très très honorés de faire votre connaissance et nous avons une requête particulière à vous faire qui…

– Gnagnagna très honorés…, a répété le dragon en mimant mes gestes, sa longue et fine moustache remuant à chaque mouvement de son énorme tête.

Mais ?… Il se fichait carrément de ma pomme !

– On aimerait discuter avec vous au sujet de…

– J'aime pas discuter.

– Il se trouve que beaucoup de gens sont en dang…

– J'aime pas les gens.

– Nous…

– *Vous* me fatiguez. Vous êtes pas intéressants.

– Non mais attendez !

– J'ai sommeil.

– Mais…

– Je vais aller faire une sieste, tiens.

– C'est le matin !

– Je fais la sieste quand je veux, morveux.

– On voudrait...

– « *On voudrait* » ? Et puis quoi encore ? Moi, je voudrais qu'on me fiche la paix. C'est dans vos cordes, les microbes ?

Là, Yoan a fait un truc encore plus courageux (ou débile) que moi. Il a regardé le dragon droit dans l'œil (le gauche) et a pointé son doigt sur lui :

– Dis donc, Oscar-le-lézard, t'es un gros lâche en fait ?!

Le dragon a tourné la tête vers mon copain (noooon, pas mon copain !! Il allait le brûler, le bouffer, le hacher menu !!) ; il a inspiré très fort, et s'est mis à brailler (en éructant des petites flammèches autour de lui) :

– Ah non, hein, pas « Oscar-le-Lézard » !! Je suis pas un lézard, c'est super humiliant ! Tu retires !

– Non.

– Si, tu retires !

– Non.

– Retire ça tout de suite, c'est vraiment méchant ce que t'as dit !

On aurait dit qu'il avait avalé de travers. Et il a fait une moue vraiment vexée, comme un enfant grondé pour un truc qu'il a pas fait.

– Je retire si tu nous invites chez toi.

– Oh non, j'aime pas quand y a des gens chez moi ! J'ai mon petit confort, mes habitudes… mon intimité, c'est super important !

J'ai pris la relève, galvanisé par le courage de mon copain :

– Ah ouais ? C'était quand la dernière fois que t'as fait un apéro dînatoire chez toi, gros-plein-d'écailles ?

– J'aime pas les apéros dînatoires, ça commence à six heures et on sait jamais quand ça se termine !

– Un goûter d'anniversaire ?

– Mais heu ! T'es super énervant, toi ! J'aime pas les goûters d'anniversaire, ça me rappelle comme je suis vieux !

– Un brunch ?

– Ce truc idiot pour remplacer le petit dej' et le repas ? C'est pour les feignasses qui sortent du lit en fin de matinée. J'aime pas.

Yoan a enfoncé le clou :

– Vous aimez pas grand-chose, hein… ?

– …

– Allez, faites-nous entrer, on n'en a pas pour longtemps…

Là, j'ai bien senti qu'il y avait une petite ouverture sous la cuirasse du monstre, alors j'ai ajouté :

– On a un *tout petit truc* à vous demander…

Le dragon a dodeliné de la tête, froncé ses gros naseaux.

– Bon, mais alors pas longtemps, hein. J'ai rien pour vous inviter à manger, et puis j'aime pas les pique-assiette !

Yoan et moi, on a tchecké comme on a l'habitude de le faire quand on réussit notre coup (main, pouce, poing, tape sur le torse et doigts en flingue). C'était le cas. On avait réussi notre coup. C'était pas encore gagné, mais on était en bonne voie.

Dans le regard des autres, on a bien vu qu'on avait assuré grave. J'ai vu Crasmo et Bélusine essayer de reproduire notre check magique et légendaire (mais ils étaient beaucoup moins bons que nous), Janine et l'Ogre

avaient l'air fiers comme si c'était eux qui nous avaient tout appris, et le petit Loup nous dévorait des yeux (sûr que c'était de l'admiration). Quant à Linda… elle a soufflé, un fin sourire sous son nez plat de koala :

— Je savais que c'était une bonne idée de vous appeler à la rescousse…

On a suivi le dragon à la queue-leu-leu jusqu'au creux de l'arbre. On s'est tous serrés autour de son corps immense en faisant très attention de ne pas marcher sur ses grosses pattes griffues. Il a actionné un mécanisme et la porte s'est refermée sur nous, tandis que l'ascenseur commençait à descendre dans les ténèbres.

« DES PRÉOCCUPATIONS LITTÉRAIRES, POIL AUX MOLAIRES »

On est descendus dans les entrailles de la terre. (je trouve ça incroyablement classe de pouvoir énoncer une phrase pareille : *Je suis descendu dans les entrailles de la terre !* Sérieux, on dirait trop les hobbits et compagnie, quand ils traversent la Moria et qu'il y a un Balrog qui les poursuit, et que Gandalf sort son bâton et qu'il…)

– Ça va, Abdou ? m'a demandé Janine en posant sa petite main fripée sur ma tête.

– Oui oui, et vous ?

– Oui. Je n'aime pas trop rester dans le noir comme ça, mais ça va…

– Vous avez peur ? j'ai chuchoté.

– Non, pas trop. Tu es gentil.

J'ai pris la main de Janine. Elle l'a serrée fort et s'est encore penchée vers moi :

– J'en ai fait des choses dans ma vie, tu sais… mais entrer chez un dragon, tout de même, je n'aurais pas cru ça possible…

– Moi non plus Janine, j'aurais pas cru.

Je suis sûr qu'on s'est souri, sauf qu'on pouvait pas se voir parce qu'on était dans le noir complet. À ce moment, une petite musique (plutôt moche) a envahi l'ascenseur. On a entendu Gaspard glousser.

– Hihi, j'aime bien avoir un peu de musique quand je monte me promener, ou que je rentre à la maison…

Je crois que ça a rassuré Janine, même si la musique était nulle. Elle commençait à le trouver moins dangereux, le gros dragon. Moi, je continuais de me méfier un peu, quand même.

L'ascenseur a stoppé tout doucement et les portes se sont ouvertes sur la demeure de Gaspard.

Vous vous souvenez de l'antre des ogres ? Absolument dégoûtant, avec de la nourriture avariée qui traînait au sol, des os, du linge puant ? Hé ben, la maison de Gaspard…

… c'était tout l'inverse.

On aurait dit qu'une armée de lutins obsédés par la propreté venaient de finir le ménage. C'était coquet comme l'appartement d'un petit vieux qui aurait du goût en matière de décoration (enfin, je crois, je suis moi-même pas très sûr d'être doué en décoration). Disons que ça avait l'air douillet et confortable, avec de la tapisserie à fleurs (à fleurs !!!), trèèès loin de l'antre funèbre et terrifiant que j'avais imaginé (où étaient les squelettes, les brasiers, les tas fumants et calcinés ???)

– Les patins ! a grondé le dragon alors que Romain allait poser un pied sur sa moquette blanc crème.

On a regardé nos baskets boueuses et on a obéi. Linda et le petit Loup ont objecté que ça allait être

difficile pour eux, mais le dragon leur a cloué le bec d'un geste ; et puis, il a farfouillé dans une petite commode près de l'entrée et a présenté des chaussons taille « pattes d'animaux » aux deux.

Alors pour tout te dire : je déteste porter des trucs comme ça. C'est ridicule. T'as déjà vu un cow-boy ou un ninja ou n'importe qui ayant un minimum de panache se pointer avec des chaussons ? Ou des patins ? Non, franchement, j'ai enfilé ces machins avec beaucoup de mauvaise grâce, sous le regard attentif de Gaspard. On avait l'air complètement crétins, tous les huit.

– Et vous ? j'ai demandé, vous en mettez pas des chaussons ? (tant qu'à faire, qu'on soit *tous* ridicules).

– Pas besoin, mes pattes sont i-rré-pro-chables ! et il a soulevé une de ses pattes arrière, grande comme une raquette de tennis.

La vision de ses énormes griffes m'a rappelé que même avec un intérieur de vieux garçon, Gaspard était un dragon. Prudence…

On s'est avancés derrière lui. Même s'il vivait sous terre (sa caverne descendait bien plus bas que les racines du grand arbre), Gaspard avait installé dans son chez-lui des tas de petites loupiotes qui permettaient d'y voir clair. Et surtout, il y avait, le long de tous les murs de sa tanière… des livres. Des dizaines, des centaines de livres.

– **Wahou !** j'ai fait, et j'ai tendu la main pour en attraper un.

– **Pas touche !!!** a hurlé Gaspard.

– Mais j'ai rien fait…

– Et voilà ! C'est **ça** le problème, quand tu invites du monde chez toi ! Ils touchent à tout, ils mettent leurs sales pattes sur tes bouquins et… Noooon, pas mon exemplaire de *Autant en emporte le vent*, c'est une édition originale !! Rhâââ, je déteste qu'on touche à mes affaires !!

– Pardon, j'ai balbutié.

Gaspard m'a fusillé du regard, genre lance-flammes dans les yeux, et il nous a fait signe de nous asseoir. Il y avait des coussins au sol, de toutes les couleurs et de toutes les tailles. On s'est assis en rond et Romain a pris la parole :

– Voilà. On aurait besoin de votre aide pour détruire un chantier énorme, un truc trop gros pour nous. Avec un derrick très haut, et des machines de forage partout autour !

Crasmo a tenté à son tour :

– Un machin immense !

– Qui pollue tout ! (Linda)

– La rivière ! (Yoan)

– La forêt ! (moi)

– On perd nos poils ! a crié le petit Loup.

On s'y est tous mis ; dès qu'il y en avait un qui s'arrêtait, un autre repartait :

– Les poissons ont des pattes ! (Bélusine)

– Les serpents ont deux têtes ! (Crasmo)

– Les hérissons restent en boule ! (moi)

– Les sorcières perdent la mémoire ! (Linda)

– Les enfants se baignent dans la rivière ! (Yoan)

Gaspard fronçait les sourcils, ses petits yeux dorés allant de l'un à l'autre, de plus en plus vite à mesure qu'on lui envoyait une nouvelle information. Janine était la seule à ne rien dire. Elle regardait un peu Gaspard, un peu la déco, comme si elle se trouvait chez un vieux copain. Elle souriait aussi, comme si la suite n'avait pas d'importance… Après tout, elle avait vu un dragon. Une vie mouvementée, bien remplie… et un dragon.

En la regardant sourire, j'ai eu l'impression d'entrevoir la petite fille qu'elle avait été, de pouvoir gommer les rides et transformer le chignon en tresses. Ça a duré quelques secondes seulement, avant que Gaspard

ne me fasse redescendre sur terre (enfin, sous terre) de sa voix veloutée et grondante :

– Qu'est-ce que vous voulez que ça me fasse ?

– Ben, vous êtes pas seul au monde, hein ! Y a des gens qui vivent à côté de vous, a répondu mon copain Yoan en balançant ses dread-locks en arrière d'un air farouche.

Ça lui faisait un peu comme une crinière ; pas suffisant pour impressionner un dragon, mais moi j'étais fier de mon pote.

Le petit Loup a tendu son museau vers Gaspard. Il a pris son courage à quatre pattes et s'est lancé à son tour :

– M'sieur le dragon, je viens d'une espèce qui a plutôt tendance à voir la vie en gris foncé, vous voyez ?

– Mouiiii, a répondu Gaspard, sans voir où le louveteau voulait en venir.

– L'éphémère, l'absurdité de la vie, tout ça, je connais bien. On peut dire que nous les Loups, on apprend ça très jeunes. Nos chants ont un effet déprimant sur quiconque les entend, c'est notre magie à nous. On apprend à être tristes avant d'apprendre à sourire. Mais on apprend aussi la survie. Et ce qui est en train de se passer... c'est la mort pour nous tous. Et quand je dis *nous*, je parle aussi de *vous*.

– Moi ?

– Oui, vous !

Le dragon s'est mis à rire doucement, un rire sans joie qui m'a semblé proche des larmes. Et puis il s'est arrêté brusquement et il a allongé le cou pour regarder le petit Loup bien en face :

– Mais moi je m'en fiche, mon petit. Il n'y a personne après moi. Je suis le *dernier*, tu comprends ?

– ...

– Ils sont tous morts. Tous. Ma jeunesse est derrière moi, les miens ont disparu. Je vis dans un monde où je n'ai aucune place, tu saisis ?

– ...

Il a levé les yeux vers un alignement de cadres dorés le long de la tapisserie à fleurs : des portraits de dragons et de dragonnes, seuls ou en famille.

– Alors ce qu'il adviendra de vous, de l'espèce humaine, de vos espèces à vous… C'est votre problème, pas le mien. Parce que je sais que je vais mourir, et ça ne m'inquiète pas. Après moi, rien ne viendra. Alors je m'en fiche.

– …

– Je vis sous la montagne. Je me nourris peu, discrètement, un mouton par-ci par-là, un cerf, deux-trois loutres… Je me suis débrouillé pour ne pas avoir de

voisins. Vous êtes bien gentils, mais vos histoires ne me concernent pas. Moi, tout ce que je demande, c'est rester tranquillou billou chez moi, et lire. Lire jusqu'à plus soif ! Comme vous pouvez le constater, j'ai encore pas mal de volumes devant moi, bien que…

Il a froncé son long museau.

– Que quoi ? j'ai demandé, sentant qu'il y avait là une petite hésitation qui pouvait peut-être nous servir.

– Bien que je commence à être un peu à court. Mais ce n'est pas grave, j'ai d'autres activités.

– Ah ? C'est quoi ?

Il a fermé ses yeux dorés d'un air inspiré et a répondu gravement :

– Non. C'est secret. *Top* secret.

« QUAND GASPARD ACCEPTE DE DEVENIR UN HÉROS, POIL AUX OS »

Je ne sais pas si tu te souviens, mais j'ai toujours été plutôt doué pour faire causer les autres… parce que je sais très bien que la plupart des gens, même quand ils affirment le contraire, crèvent d'envie de te livrer leurs secrets. Pourquoi ? Tout simplement parce qu'ils aiment penser que leurs secrets sont particulièrement dignes d'intérêt. Ce qui signifie qu'ils *sont*, *eux* dignes d'intérêt (et en effet, la plupart du temps, ils le sont).

Cependant – subtilité ultime –, pour les amener à cracher leurs petits secrets, rien de tel que de leur faire croire l'inverse ; c'est-à-dire leur faire croire que tu t'en fiches totalement…

J'ai souri au dragon avant de lâcher innocemment :

– Bon, ben si c'est secret alors tant pis.

Le dragon a eu l'air d'avaler un ballon de rugby.

– Vous vous en fichez ?

– Non, mais si c'est secret…

– Oui oui, bien sûr.

– Voilà.

– Oui, euh, maiiiis…

– Maiiiis, quoi ?

– Mais si vous voulez *vraiment* savoir…

AH ! Qu'est-ce que je te disais ?! J'ai sauté sur l'occase :

– Bien sûr que ça nous intéresse ! Ça nous intéresse **beaucoup**, même ! Vous rigolez ? Un secret de dragon !

– Hé bien… Dans ce cas… Peut-être bien que…

Gaspard a rentré son cou dans ses épaules massives, secoué ses moustaches d'un air faussement gêné. Il les a lissées (ses moustaches) avec ses griffes ; il hésitait encore, alors j'ai enfoncé le clou :

– Ah non mais si vous ne voulez pas, on ne veut pas vous forcer, hein !

– Non, hum, bien sûr, et c'est tout à votre honneur… c'est très délicat de votre part.

– Oui, vous trouvez aussi ?

– Bien sûr, et j'aime les gens délicats, pas intrusifs vous voyez ?

– Oui oui, très bien. Donc, si ce secret doit rester secret…

– C'est-à-dire que…

– … nous comprenons tout à fait !

– Enfin bon…

– Ouiiii ?

– Je crois que j'ai envie de vous le dire…

– Aaaaah, si vous avez envie, nous sommes tout ouïe !

– Alors voilà, hum.

– Allez-y, on vous écoute.

– J'écris un… livre.

Il a rougi. Si, je te jure que c'est possible : d'un joli rouge carmin (son teint naturel), il est passé au rouge brique.

– Un livre ? Mais c'est passionnant ! a dit Yoan, me piquant ma technique.

– Un livre sur quoi ? j'ai demandé.

– Oh, une histoire de… hum…

– Une histoire de ?

– D'amour…

– Une histoire **d'amour** ?! s'est enthousiasmée Bélusine, qu'on n'avait presque pas entendue depuis notre arrivée.

– Chuuuut !! s'est affolé Gaspard, complètement cramoisi.

– Ben, pourquoi « chut » ? s'est écriée la petite sorcière. Moi, j'adoooore les histoires d'amour !

Linda a fermé les yeux et elle a secoué sa grosse tête poilue de koala, comme épuisée.

– Ah, vraiment ? a demandé Gaspard, les bacchantes frémissantes, tournant son énorme tête vers la tignasse flamboyante de Bélusine.

– Mais ouiiiii !!! Hihiii ! Vous avez lu « *La divine sorcière et l'ange déchu* » ? Et « *Coup de foudre en clairière* » ? Oh ! Mon préféré c'est « *Ensorcelle-moi* » – oh là là celui-là il est tellement beaaaaau, j'ai fait que pleurer ! –, et puis aussi « *Nous deux et l'âme de la rivière maudite* »…

Excitée comme une puce, elle s'est mise à battre des mains en sautillant. C'était parfaitement ridicule. Linda a posé ses pattes velues sur ses yeux, atterrée. Moi, j'ai profité de cette diversion pour m'engouffrer dans la petite faille que l'aveu du dragon semblait ouvrir…

— Dites, Gaspard, si vous écrivez…

— Hé bien ?

— Si vous écrivez, c'est que vous ne vous en fichez pas vraiment, de l'*après*.

— Explique, petit homme.

— Ben, vous avez envie qu'il reste quelque chose de vous, quoi. Qu'on vous *lise*, après. Même quand vous aurez… disparu.

Le dragon a entrouvert sa gueule énorme. J'ai pensé que j'étais peut-être allé trop loin, qu'il allait nous réduire en cendres parce que j'avais voulu jouer au plus malin… mais ses yeux dorés se sont troublés et quand il a reposé son regard sur moi, j'ai su que rien n'était perdu, au contraire. Alors, enhardi, j'ai continué :

— Vous pourriez faire *encore mieux*, vous savez.

— De quoi tu parles ?

— Vos ancêtres ont marqué l'Histoire des dragons par de hauts faits, des batailles, des trésors déterrés et ré-enterrés au centuple. Je me trompe ?

— Non, c'est vrai. Ils ont marqué l'Histoire. Mon oncle Smaug le magnifique a d'ailleurs été cité dans un roman humain, un fatras d'âneries sur des petits hommes aux pieds poilus et des elfes suédois, mais mon oncle a bel et bien existé.

— Hé bien, **c'est votre tour !** j'ai annoncé sur un ton mélodramatique adapté à la situation (enfin, il m'a semblé que c'était le bon moment pour mettre un peu de solennité dans cet échange, comme dans les films, ce moment où il y a un gros plan sur le visage du héros et que des larmes brillent dans ses yeux, juste avant qu'il dise : « Je suis ton frère »).

— Continue.

— Vous pouvez changer les choses, marquer l'Histoire. Être *héroïque*. Devenir le premier dragon écrivain qui a pris les armes contre le Mal, qui a aidé les humains et les créatures de la forêt à survivre !

— Moui, ça se tient. Mais je ne sais pas si…

Il s'est interrompu, soudain rêveur. Il s'est levé et, pattes avant croisées dans le dos, s'est mis à déambuler devant les portraits de ses ancêtres en grommelant.

Le petit Loup a commencé lui aussi à trottiner dans l'appartement, le nez levé vers les rayonnages de la bibliothèque. Il s'est frotté le museau contre le flanc du dragon, qui a fait volte-face. Le louveteau – minuscule boule de poils face à l'énorme dragon rouge – a touché un nouveau point sensible :

– Et puis qui va vous lire, si tout le monde est mort ??!

Gaspard a remué ses minuscules oreilles. Un éclair affolé est passé dans ses yeux.

– C'est pas faux…

Bien joué, Croc Blanc ! J'ai achevé la bête :

– C'est même carrément vrai ! Imaginez : vous écrivez LE roman du siècle, enfin… non, *des* siècles, je devrais dire ! Le nouveau *Roméo et Juliette* ! *Tristan et Iseult* chez les dragons ! Et PERSONNE n'a survécu pour vous lire. Un chef-d'œuvre aux oubliettes ??! Ce serait terrible…

Gaspard s'est agité, sa queue frappait le sol tandis qu'il réfléchissait à l'angoissante situation : n'avoir jamais aucun lecteur…

– Notez, en plus, que de *dernier* de votre espèce, vous passeriez à *premier*. C'est assez classe, franchement. Et votre roman d'amour…

– Oui ?

– Hé bien, je suis sûr qu'il va s'enrichir de… d'aventures, quoi. Parce que bon, j'ai rien contre les romans d'amour, hein, mais souvent on se fait un peu ch…

– Moi j'adooooore les romans d'amour !!! a répété Bélusine (m'interrompant juste à temps). Surtout quand le héros il fait des trucs sensass trop courageux ! Et le mieux c'est quand il meurt juste avant la fin dans les bras d'une infirmière qu'est très belle et qui pleure, mais qu'en fait il est pas mort, il est blessé seulement et l'infirmière le soigne et tombe amoureuse !

Bon sang, Linda la supportait vraiment tous les jours, cette cruche d'apprentie ??! Pourtant les sorcières, c'est plutôt des dures à cuire. Bélusine m'avait tout l'air d'être une exception dans sa tribu… et soudain, je me suis dit qu'avec ses goûts de midinette, elle devait se faire regarder bizarrement chez les siennes. Du coup je me suis pas moqué.

— Vous… vous croyez ?

Gaspard semblait réfléchir. Ses écailles frémissaient, son souffle s'épaississait ; d'ailleurs, il faisait de plus en plus chaud dans sa caverne. Janine m'a envoyé un clin d'œil (elle s'améliorait en clins d'œil, à force). Romain a levé un gros pouce vainqueur.

Linda a ajouté, faisant un bel effort de motivation (et un bel effort théâtral aussi, en posant sa patte gauche sur son cœur) :

— Et nous, je peux vous dire qu'on aura très envie de le lire, votre roman, ça c'est sûr !

— Ah bon ? a chuchoté Gaspard. Vous savez, il n'est pas tout à fait parfaitement vraiment abouti, hein… Il y a pas mal de retouches à faire, beaucoup de travail encore, mais je crois qu'on arrive déjà à se faire une idée des qualités, enfin je ne sais pas si

on peut parler de « qualités », mais il y a un, oui, un ton, enfin, une griffe savoureuse, enfin j'espère…

On voyait bien comme ça lui faisait plaisir (ça lui aurait fait encore plus plaisir si on lui avait dit que Linda, au départ, n'aime *pas du tout* lire).

– Bien sûr qu'on le lira, votre livre ! a renchéri Yoan. Et après la bataille, vous pourrez revenir ici tranquillou-billou. On vous embêtera plus…

Gaspard a souri à mon copain, et puis il a bafouillé :

– Oh, peut-être que vous pourrez… hum, je ne sais pas, moi… venir me rendre visite de temps en temps…

L'Ogre s'est levé, imposant et martial dans son pull rose. Il a frotté ses deux grosses mains l'une contre l'autre.

– Maintenant qu'on est tous d'accord, il faudrait pas trop tarder. La vallée est en danger, la forêt est en danger, la ville est en danger. Tout le monde compte sur nous et le temps nous est compté.

– Oui, d'ailleurs, on va mettre un temps fou pour aller jusqu'au forage, a gémi Janine d'un air inquiet.

– Tu-tu-tut, a fait Gaspard, en ondulant sur l'immense tapis du salon ; en vous serrant bien, je pense que vous devriez tenir sur mon dos…

« LA GRANDE VADROUILLE POIL AUX NOUILLES »

(CENSURE DE L'ÉDTEUR)

On y était : le rêve le plus fou que j'aie jamais envisagé… Voyager sur le dos d'un dragon !

Que je t'explique : on a grimpé les uns derrière les autres sur l'échine de Gaspard, et on s'est installés comme on a pu, par ordre de taille. Pour UNE FOIS, j'étais content d'être petit. Devant moi, il y avait encore le louveteau (qui m'avait bien impressionné par son intervention décisive dans la discussion avec le dragon), mais la vue était quand même bien dégagée. On s'est tous agrippés aux écailles du dragon, et…

… on s'est envolés !

Tu vois le grand huit ? Les montagnes russes ? Tous les manèges les plus vertigineux que t'as pu prendre, depuis OK CORRAL jusqu'à Port aventura ou Disneyland ? Hé ben, c'est du pipi de troll à côté de ce qu'on a vécu.

D'abord, Gaspard est monté très haut, vraiment très très haut, assez haut pour que l'œil humain le confonde avec un oiseau (imagine la une des journaux si un humain en balade avait fait un selfie avec un dragon en vol derrière lui). On était si haut que le souffle nous manquait, et on voyait si loin… la forêt, les montagnes, les routes comme de minuscules ridules et la ville comme un détail du paysage !

C'est Crasmo qui l'a repéré en premier. Son canard sous le bras, l'autre tendu vers le lointain, il a hurlé à Gaspard :

– Là bas !!! Le forage !!

Alors Gaspard a piqué vers la pyramide de fer et de béton qui poussait vers le ciel. Je te dis pas le vertige ! On s'est agrippés plus fort, le vent dans nos visages nous faisait pleurer et plisser les yeux : une telle vitesse, c'était fou ! On s'accrochait les uns aux autres dans chaque virage, le sol se rapprochait comme quand tu fais un Google Map pour savoir dans quel quartier habite la fille dont t'es amoureux (histoire de passer *par hasard* dans le coin et de l'accompagner *par hasard* jusqu'au collège). Il y avait des couleurs incroyables, le vert de la forêt mais du rouge aussi, parce que c'était l'automne, et du jaune.

Et puis le gris de la ville et l'immense chantier brun, vidé de verdure et de vie, juste un grand aplat et des petites collines de terre trouées par les travaux, et de gros engins jaunes qui foraient, ratissaient, creusaient. Des dizaines d'ouvriers travaillaient sur le chantier ou conduisaient les engins. D'énormes camions alignés délimitaient le chantier : il s'étalait, aride et menaçant, sur une partie de la forêt qui n'existait plus (vu que tous les arbres avaient été ratissés). Ça nous a fait froid dans le dos. Sûr qu'on n'aurait jamais pu espérer venir à bout d'un truc pareil sans l'aide de Gaspard…

Le dragon a ralenti, il a tourné au-dessus du chantier pour prendre la mesure de l'adversaire et s'est tranquillement dirigé vers une petite colline avoisinante, pour s'y poser.

Atterrissage… étonnamment mœlleux.

On a glissé sur le sol, les jambes flageolantes, le cœur au bord des lèvres. Janine est restée un peu plus longtemps que nous sur le dos de la bête, un sourire inamovible sur son vieux visage. Puis elle a soupiré un petit « merci » reconnaissant et s'est laissée tomber dans les bras de Romain, qui l'a déposée sur l'herbe avec toute la délicatesse dont il était capable.

On s'est alignés les uns à côté des autres, comme un mur de guerriers. On se préparait à l'attaque, et l'ennemi était de taille. Il aurait fallu une musique de fond bien impressionnante, genre *Eye Of The Tiger*, tu vois ? (une musique que l'ogre tatoué nous avait fait écouter avant qu'on parte chercher le dragon, pour nous donner du courage) J'ai mis ma main en visière pour observer le champ de bataille. C'était du sérieux. On n'était pas là pour rigoler.

— À partir d'ici, chacun connaît son rôle, a dit Romain d'un air mystérieux, en posant une grosse main poilue entre les oreilles du louveteau et l'autre sur l'épaule de Crasmo.

Le louveteau a glapi avant de filer vers la plaine, au petit trot sur le sentier qui slalomait entre les arbres. C'était lui qui devait s'occuper de la première partie du plan. On l'a tous suivi, sauf Gaspard bien sûr, qui devait attendre notre signal avant d'attaquer par le ciel.

Là, on a assisté, cachés et médusés, à la première partie de l'opération :

Le petit Loup s'est posté aux abords du chantier et s'est mis à chanter doucement, une mélopée d'une tristesse inouïe. Un truc à vous déchirer le cœur, même avec un cœur de pierre. C'est l'arme secrète des Loups, ça : avec leurs chants, ils pourraient te déprimer les lutins du Père Noël.

Sur la plaine déserte les survivants avancent
La mort est déjà là, mettant fin à l'errance
Il reste quelques heures avant que la nuit monte
Dans le froid et la faim et la peur et la honte

Ils ont perdu amis, amours et descendance
Plus d'idée de retour, ils tombent un à un
Terrassés, sans espoir, et plus rien dans la panse
La fatigue les prend pour leur briser les reins

L'un d'entre eux se relève et tente un dernier cri
Un appel au courage, une plainte abîmée :
« Amis, relevons-nous, ne quittons pas la vie ! »
Mais personne n'entend, car il est le dernier.

(Bon, alors déjà les paroles, bonjour la déprime, mais en plus il chantait ça sur une mélodie à briser le cœur d'un chef de guerre, je te dis pas comment c'était horrible, un chant qui te rentrait dans l'âme comme du poison – tu vois, même moi ça me rend triste et poète, rien que d'y repenser.)

Et… ça a marché !

… on a vu, un à un, les ouvriers du chantier poser leurs pelles, leurs pioches, leurs appareils de mesure. On les a vus se gratter la tête, soupirer, contempler la destruction rampante qui régnait autour d'eux, puis secouer la tête d'un air déprimé. Certains ont retiré leurs blouses, d'autres se sont assis par terre. Un grand moment de flottement, où toute activité a peu à peu cessé. Le petit Loup, avec son chant, avait complètement déprimé les travailleurs. Ils ne voyaient plus très bien ce qu'ils faisaient là, et pourquoi. On les a regardés rejoindre leurs voitures, se saluer vaguement de la main, et filer sur la petite route qui ralliait le chantier à la Ville. Certains traînaient encore, tandis que d'autres émergeaient de sous la terre, hagards, l'œil triste. Même s'il était encore petit, le pouvoir du louveteau était impressionnant.

Crasmo s'est agité.

– Attends ! a soufflé notre Ogre en le retenant par la manche. Pas encore !

On a attendu que tous les ouvriers soient partis, poursuivis par quelques irréductibles chefs de chantier qui tentaient de les ramener à la raison en leur hurlant dessus :

– Vous croyez que vous pouvez quitter le travail comme ça ??! **Bande de feignasses ??!!! Vous vous croyez où ??**

Ensuite, d'un baraquement ont surgi quelques hommes en chemise et cravate, très en colère. On a compris que c'étaient les chefs ; ils avaient des gilets orange sur leurs costumes mais ils n'avaient pas l'air d'avoir souvent manié une pelle.

– Je peux, là, je peux ??! Je peux ?! s'est excité Crasmo.

Son canard, dans le même état que lui, poussait d'affreux cris féroces.

– On y va ! a confirmé Romain.

Et les deux ogres se sont tranquillement dirigés vers les irréductibles qui ne quittaient pas les lieux, pour… heu… ben, désolé hein, tu commences à connaître le truc, quand même : pour les croquer !

Nous, on a attrapé les grandes branches de peuplier et on a commencé à les agiter dans l'air comme prévu : le signal pour Gaspard… à lui de jouer !

Tel un démon des temps anciens (en comparaison, le Balrog de Gandalf pouvait aller se rhabiller), **le dragon est** apparu au-dessus du puits de forage. Il a effectué quelques petits loopings (je pense que c'était pour faire le malin, parce que c'était pas vraiment nécessaire) avant de cracher un looooooooooong, immense, énorme jet de feu !

La partie haute de l'édifice s'est aussitôt mise à flamber comme une torche géante ! Gaspard a tourné en vol autour du brasier avant de tendre son cou et de cracher à nouveau sur toutes les machines de forage alentour : Brrrraaaaouch !!!

Un **carnage !!** Les camions ont pris feu ! Les engins ont flambé ! Le derrick en ferraille a commencé à fondre, et des bouts de métal brûlant éclaboussaient la terre comme un feu d'artifice…

C'était magnifique !

Nous, c'est-à-dire Yoan, Linda, Janine, Bélusine et moi, on sautillait sur place en regardant brûler cette horreur qui ne polluerait plus jamais rien du tout. La chaleur de fournaise nous faisait suffoquer mais on ne voulait pas s'en aller. Même les geysers de fumée et les explosions ne nous ont pas fait fuir. On comptait bien regarder jusqu'au bout la destruction merveilleuse de cette grosse horreur ! Nos visages orangés brillaient de joie face aux flammes. Le louveteau nous a rejoints. Fidèle à sa race, il a remué les oreilles et, d'un air désabusé, nous a dit :

– Certes, on détruit celle-là mais... il y en a d'autres ailleurs. Je ne sais pas si c'est d'une grande utilité.

– **Ah non, hein ?!** s'est énervée Linda. Ça suffit la déprime ! Les Loups, franchement, je vous aime bien, mais ce marasme systématique, ça commence à me pomper sérieusement !

Le petit Loup a incliné ses oreilles de chaque côté de sa tête, dépité. Il a ouvert timidement la gueule :

– J'ai bien chanté, quand même ?

Alors, Linda-Koala lui a attrapé la tête et a frotté sa truffe contre la sienne pour atténuer l'effet de son engueulade.

– C'était magnifique ! Même nous, de là où on était, ça nous a collé le bourdon !

L'œil du louveteau a pétillé de malice et de fierté.

Et c'est là qu'on a vu arriver, courant au milieu des flammes, Romain, notre Ogre à nous. Mais… mais mais mais… À POIL !

« LIMITER LES DÉGÂTS POIL AUX BRAS »

L'Ogre cavalait vers nous d'un air affolé, de la fumée tout autour de lui et… les deux mains sur son entrejambe !! Son pull rose griotte, qui avait longtemps été vert moutarde, était parti en cendres dans les flammes du dernier dragon… et tous ses autres habits avec.

Janine s'est caché les yeux. Nous, on a carrément éclaté de rire. Lui, il avait l'air drôlement fâché :

– Dites, bande de… (il cherchait une belle insulte, on le voyait se concentrer pour ne pas nous louper), bande de… de pustules ingrates !! Vous pouvez vous moquer, tiens ! Qui c'est qui vient de risquer sa vie dans les flammes, hein, c'est qui ???

Janine, les yeux toujours cachés (quoique je la soupçonne d'avoir un peu regardé quand même), a tendu son grand châle à l'Ogre, qui l'a remerciée en grommelant. Il s'est noué le bout de tissu autour de la taille comme un pagne, et alors… on est repartis dans un fou rire historique !

– C'est toi le plus fort, mon Romain, a dit Janine (en camouflant un petit sourire derrière sa main).

– C'est vous, c'est sûr ! a ajouté Linda.

– Vous êtes un héros !!…, j'ai crié (en essayant d'arrêter de rire).

Yoan cherchait un compliment mais il rigolait tellement qu'il en était incapable. L'Ogre l'a fusillé du regard. Crasmo a déboulé là-dessus, hilare lui aussi. Quand il a vu la tête furieuse de Romain, il s'est repris et a tenté une diversion :

– Hé, sinon, j'ai croqué un DRH savoureux !

– Voui, moi aussi, a grogné l'Ogre. Un bras et une fesse. Mais leurs chemises avaient un petit goût d'amidon plutôt désagréable.

Gaspard s'est alors posé près de nous dans un grand froissement d'ailes.

Quel *panache* !

Quelle *classe* !

Les flammes faiblissaient déjà, ayant tout dévoré sur leur passage, mais elles faisaient encore scintiller ses belles écailles.

Subjugué, j'ai soufflé au dragon :

– Merci Gaspard. Grâce à vous, on a sauvé la forêt. Et les habitants…

– Heu… oui mais…, a commencé Bélusine.

– Mais quoi ? a demandé Linda.

– On a détruit le puits, mais la rivière est *déjà* polluée. Les gens vont boire cette eau, tomber malades, imaginez ! Si ça se trouve, eux aussi vont se transformer : des nageoires dans le dos, un troisième œil, plus de cheveux, les dents qui tombent, et la mémoire qui flanche…

– C'est vrai, a reconnu l'Ogre.

On rigolait plus du tout, du coup : on avait vraiment fait tout ça pour **rien** ??!

On se regardait tous d'un air consterné. Mais Gaspard s'est ébroué :

– On dirait que vous ne connaissez pas vos classiques !

– Hein ?

– Le sang de dragon, ça vous dit rien ?

– Heuuuu…

– C'est un remède souverain, bande d'ignares ! Évidemment, ça fait longtemps que personne n'a plus recours à cette magie-là, puisque nous avons disparu officiellement… mais je peux vous dire qu'un peu de mon sang dans la rivière la rendra plus saine et pure qu'elle ne l'a jamais été.

– Mais on va pas vous demander de vous ouvrir les veines pour sauver la rivière, quand même ! Du courage, d'accord, mais pas du sacrifice !

– Hihi, pas besoin ! a lâché Gaspard. Regardez !

Et il a tendu la patte gauche vers nous : une minuscule entaille entre la griffe et les écailles a fait perler un sang rouge sombre. Il s'est approché des rives boueuse de la rivière. Derrière lui, le paysage en cendres fumait encore, mais les flammes s'éteignaient doucement.

– Attention ! a dit le petit Loup. On a vu souvent rejaillir le feu de l'ancien volcan qu'on croyait trop vieux !…

– Hein ? Qu'est-ce que tu racontes ? a grogné le dragon.

– Laissez tomber, a dit Bélusine, c'est un truc des Loups, ça, les phrases profondes et déprimantes… On sait pas trop d'où ils sortent ça… Faites comme si de rien n'était.

Le petit Loup a fait claquer ses mâchoires dans le vent, en direction de la jeune sorcière.

– Pfff !

De son côté, Gaspard a trempé sa patte dans la rivière.

– Huuuuu, elle est froide !

L'eau a bouillonné, une sorte de vapeur brillante est montée au-dessus des remous. Et là, on a vu surgir… Algernon ! La crevette ! Martial et frétillant des antennes, il s'est dressé au milieu de la rivière, la moitié du corps hors de l'eau. Et aussitôt, une, deux, trois, douze, vingt-quatre, quarante-neuf, soixante acolytes rose et carapacés ont émergé tels des Marine's sur les plages de Dunkerque.

– **Hé ho, vous faites quoi ??!** a crié Algernon la crevette (il avait du coffre, pour une crevette).

– On sauve la rivière ! a répondu Crasmo.

– Ah oui mais non, hé ! Juste au moment où on partait en guerre contre les sangsues !

– Ben c'est pas l'idée du siècle, non plus.

La crevette a rabattu ses antennes vers l'arrière, un peu vexée.

– En revanche, on a peut-être une mission pour vous ! a dit Linda, soudain inspirée.

Elle s'est gratté l'oreille gauche avec sa patte droite avec une énergie rare chez un koala.

– Ah oui ? C'est quoi ? C'est quoi ??!

– Vous pourriez aller prévenir les autres, leur demander de nous rejoindre. Il y a encore du boulot à abattre par ici…

– Pas de problème ! a répondu la crevette. Mission spéciale messagerie ! Crevettes ! À mon commandement… En fooormation !

Les crevettes se sont rassemblées autour d'Algernon, dans une petite danse type natation synchronisée (c'était assez joli), puis elles ont plongé toutes en même temps, filant par le fond vers le cœur de la forêt.

« MAGIE DE LA RECONSTRUCTION POIL AU MENTON »

Ils sont arrivés quelques heures plus tard, par les bois, en petits groupes disparates. Les Loups d'abord, puis les ogres, et enfin les sorcières. Impressionnés par la présence de Gaspard, ils n'osaient pas trop avancer. Et puis la maman du louveteau a couru vers nous (enfin, vers son petit, qui paradait au milieu de la bande) et s'est écriée :

– On a vu l'incendie ! Vous avez réussi !

Elle bondissait autour de son louveteau, de la fierté dans ses grands yeux noirs.

Belusine a expliqué à ses copines sorcières :

– Un petit bain dans la rivière et c'est la guérison : vos pouvoirs vont revenir ! Regardez !

Et elle a fait jaillir des fraises entre ses doigts pour leur prouver l'efficacité de la baignade.

Les sorcières se sont toutes approchées de la rive, un peu timides au départ ; puis, une à une, elles ont plongé dans la rivière, buvant la tasse en toute confiance. On aurait dit les bords du Gange (tu sais, en Inde, le fleuve où les Indiens se baignent tout habillés ! Mais si, je suis sûr que t'as déjà vu ça… sinon, va taper « Bénarès » dans Google Image, tu verras tout de suite de quoi je parle). La GSS est sortie la première. Elle a fermé les yeux, on voyait bien qu'elle se concentrait très fort. Puis elle a levé les bras vers le champs de ruines, alors on s'est tous retournés pour regarder les cendres…

… bouger ?! Oui, ça *bougeait* sous la cendre, je te jure !

Et à cet instant, une petite chose a percé l'amas de poussière blanche : une pousse verte, puis deux, puis trois, puis une multitude, qui se sont mises à grimper vers le ciel. Certaines sont devenues des troncs, d'autres ont éclaté en buissons. C'était extraordinaire ! Les autres sorcières sont sorties de l'eau et ont uni leurs forces pour étoffer encore un peu plus cette nouvelle forêt. Elles se sont prises par la main, une lumière étrange irradiait de leurs têtes tandis qu'elles se concentraient. De grandes corolles multicolores ont émergé du gris, du lierre s'est enroulé autour des jeunes arbres, et Bélusine, dans un joli geste de gratitude, a fait éclore des fleurs d'hibiscus aux immenses pétales rouges comme la queue du dragon.

On était sidérés, béats et émus. Gaspard non plus n'en revenait pas, ça se voyait. Ses yeux dorés étaient tout remplis d'extase, et il émettait de petits sifflements admiratifs dès qu'une nouvelle pousse explosait en floraison. En même temps, vu son âge, je me suis dit qu'il avait dû en voir d'autres… sauf que c'était il y a longtemps. Il avait oublié les jolies choses, les gestes magiques et les joies d'après les victoires. Goûter de nouveau à tout ça lui faisait un bien fou, il avait l'air joyeux comme un singe.

Quand les sorcières ont considéré que la végétation avait suffisamment repris ses droits, elles se sont tournées les unes vers les autres et ont entrepris de se faire repousser les cheveux, et puis ceux des ogres, et les fourrures des Loups. Seule la Grande Sorcière Sage a stoppé la repousse de ses propres cheveux au bout de quelques centimètres. Elle a regardé son reflet dans l'eau, s'est ébouriffé la tignasse et a déclaré solennellement :

– Ça me va pas mal, les cheveux courts, je crois que je vais rester comme ça ! Et puis, ce sera un souvenir. Il est bon, parfois, de garder des traces des grands événements, pour ne pas oublier… ne *jamais* oublier.

Yoan a soupiré et m'a glissé :

– Elle se la raconte un peu, des fois, la GSS. Elle a pas un peu trop traîné avec les Loups, ces derniers temps ??…

On s'est marrés.

Après les sorcières, ce sont les ogres qui se sont baignés dans la rivière. Ils étaient toujours maigrichons, faut pas rêver… il fallait encore qu'ils se remplument, les gros morfales. Mais ça allait mieux. Crasmo s'est avancé vers son chef Darbi-Bottre et lui a glissé :

– Paraît qu'il y en a d'autres, des forages de ce type-là. On pourrait faire quelques pique-niques pour vous ré-engraisser un peu.

Les ogres ont acquiescé en grognant.

– Hé ben voilà. C'est fini, a conclu Romain, ses deux gros poings sur les hanches, en pagne orange.

La GSS s'est approchée de lui. Elle s'est retenue de rire (elle avait du mal) en le voyant tout nu, et s'est adressée à nous tous – la bande des huit et le dragon :

– Sans vous, rien n'aurait été possible. Vous avez été courageux, vous avez su exploiter les forces de chacun, et… merci à vous, Dragon, d'avoir uni vos forces aux nôtres. Merci à tous.

On était fiers, je te dis pas comment.

Le dragon s'est mis à siffloter un air que Janine a reconnu aussitôt ; elle a commencé à chanter avec lui :

« … c'est l'éruption de la fin !
Du passé, faisons table rase… »

Et les deux ont continué joyeusement à nous casser les oreilles.

Yoan s'est approché des petites oreilles du dragon.

– Hé, M'sieur Gaspard…

– Oui ?

– Je retire, pour « Oscar-le lézard ». Franchement, vous êtes autrement plus impressionnant qu'un lézard.

Et Gaspard a secoué son long cou de joie.

– Merci, petit homme à crinière ! Et je sens que toute cette histoire m'a donné de l'inspiration, je vais me remettre au travail…

Après, il nous a tous salués et s'est envolé, majestueux, dans le grand ciel qui virait orangé dans le soir tombant. Wahou, c'était la classe, ce départ au soleil couchant !

Franchement, il aurait voulu le faire exprès qu'il aurait pas réussi aussi bien. Janine en a écrasé une petite larme d'émotion, tiens !

« ÇA FINIT TOUJOURS PAR UNE FÊTE, POIL À LA BISTOUQUETTE »

(A ÉCHAPPÉ À LA CENSURE DE L'ÉDITEUR)

Et après ? Ben, après, comme dans Astérix, on a fait la fête. Et tous ensemble ! De mémoire de créatures de la forêt, il y avait fort fort longtemps que les trois espèces n'avaient pas été réunies pour une bonne raison.

C'est ce qui rendait cette fête si particulière. Les ogres invitaient les sorcières à danser, chose qu'on n'avait jamais vue. Ils tentaient des pas de danse un peu plus élaborés que d'habitude, et fermaient la bouche pour ne pas leur souffler leur haleine fétide dans la figure. Elles, pour l'occasion, évitaient le dédain et certaines allaient même jusqu'à danser des slows – enfin, elles évitaient quand même au maximum, n'ayant pas très envie de finir avec les pieds écrasés par les énormes panards maladroits des colosses. Les Loups, comme d'hab, faisaient un peu la gueule dans leur coin, mais c'était bien leur genre, et puis ils étaient là, c'était ça l'important. Ils essayaient de pousser la chansonnette de temps en temps mais comme ça plombait l'ambiance, ils ont arrêté.

Les sorcières ont concocté des filtres et boissons pour désaltérer tout le monde : ça a toujours été leur rôle, de rendre la fête un peu plus folle.

Crasmo a dansé avec Bélusine.

Darbi-Botre a dansé avec la GSS.

Romain a dansé avec Janine.

Moi ? Hé ben, j'ai dansé avec une sorcière de mon âge (elle bougeait super bien, au début j'avais l'impression d'avoir de la glu sous les pieds et puis après c'était chouette) ; j'ai même pas osé lui demander son prénom...

On a chanté, raconté, dansé, raconté encore.

Darb est venu voir son frère, un jean et une immense chemise à carreaux dans les bras :

— On a pris ça chez un savoureux fermier, frangin ; le mec était balèze, tu devrais rentrer dedans sans problème !

Et c'est vrai que ça lui allait drôlement bien, même s'il était tout triste d'avoir perdu son pull...

— Je te promets qu'on t'en tricotera un nouveau, lui a glissé la GSS. Dans une belle couleur... une couleur inédite, juré !

En fin de soirée, alors que nos yeux se fermaient tout seuls, Linda-Koala a rassemblé près d'elle notre Ogre, Janine, Yoan et moi. Elle a pris un air de conspiratrice (difficile à déceler sous sa fourrure de koala, mais je suis très fort pour ça) et nous a annoncé :

– Dites, vous allez quand même pas retourner au foyer tout de suite ?! Il reste encore treize jours avant la rentrée... Moi, je vous invite à rester avec nous, quelque temps au moins. Non ? Y a plein de choses que je veux vous faire découvrir !

On s'est souri, super joyeux (je me suis dit que si on restait, en plus, j'allais savoir comment s'appelait la sorcière avec qui j'avais dansé, c'était une chouette pensée, douce comme la fourrure d'un lièvre).

On a tourné la tête vers notre « famille d'accueil » : l'Ogre a éclaté d'un gros rire complice ; Janine nous a fait un clin d'œil (moyennement réussi mais expressif).

Yoan s'est écrié, secouant ses dread-locks :

– Ben ouais ! On reste !

J'ai ajouté :

– Les vacances viennent juste de commencer !

EXTRAIT RETROUVÉ DU ROMAN DE GASPARD, LE DERNIER DRAGON

« (…) Au loin, l'océan scintillait de mille feux bleutés. La jeune dragonne, dans tout l'éclat vermeil de sa beauté, leva ses grands yeux vers lui. Ses prunelles ressemblaient à deux gemmes de cristal et ses écailles brillaient comme de l'or en fusion. Dieu ! Qu'il était courageux, ce grand dragon rouge ! Seul contre tous, il avait tenu tête au danger. Elle s'approcha de lui tandis qu'il examinait ses blessures sans paraître éprouver de douleur particulière, en dépit de la gravité des plaies. Plus d'un aurait défailli, sans doute.

– Comment vous nommez-vous, sublime oiseau de feu ?

– Drapsgar, pour vous servir, madame !

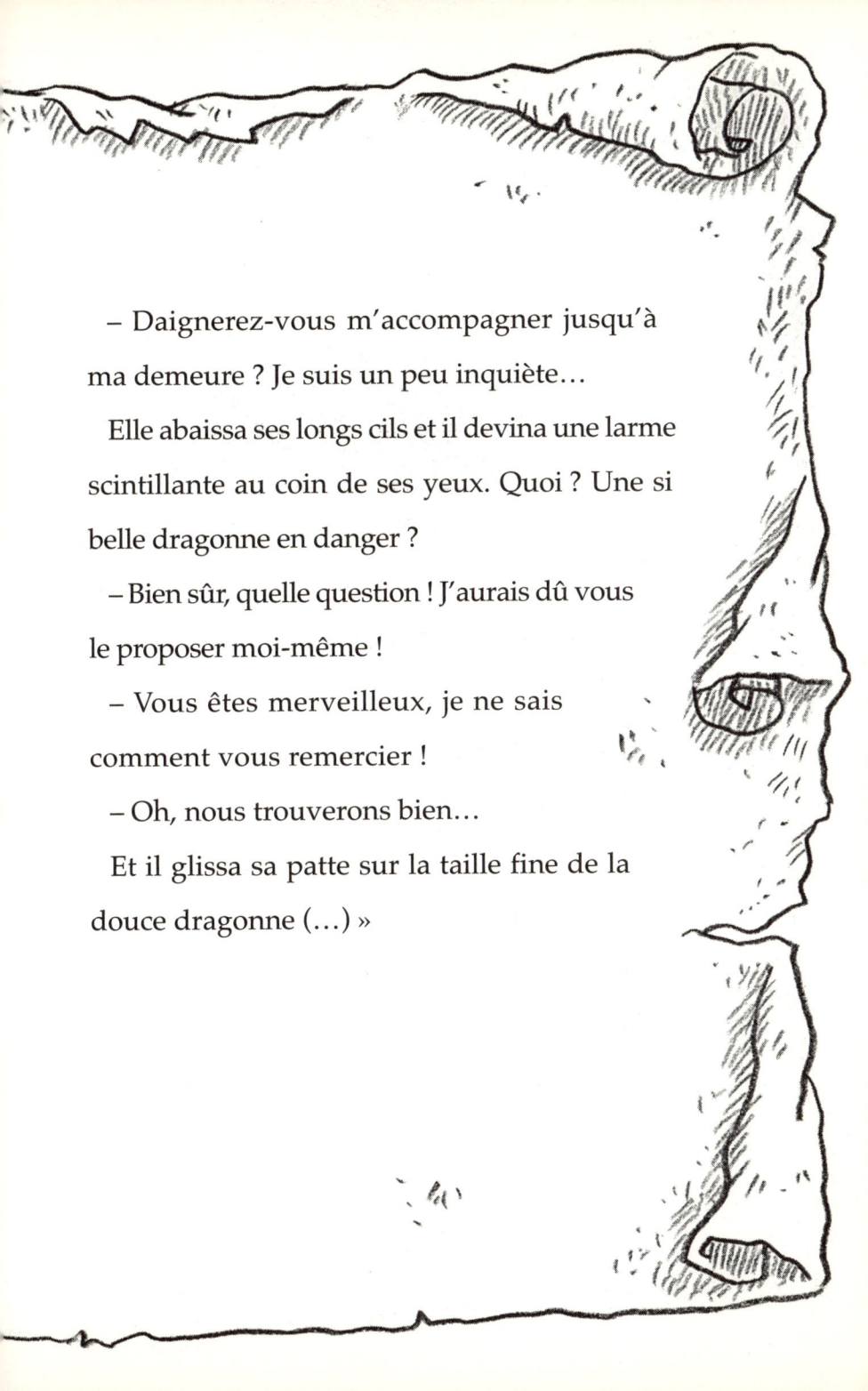

– Daignerez-vous m'accompagner jusqu'à ma demeure ? Je suis un peu inquiète…

Elle abaissa ses longs cils et il devina une larme scintillante au coin de ses yeux. Quoi ? Une si belle dragonne en danger ?

– Bien sûr, quelle question ! J'aurais dû vous le proposer moi-même !

– Vous êtes merveilleux, je ne sais comment vous remercier !

– Oh, nous trouverons bien…

Et il glissa sa patte sur la taille fine de la douce dragonne (…) »

À RETROUVER DANS LA COLLECTION **Pépix**

L'OGRE AU PULL VERT MOUTARDE
Marion Brunet
Illustrations de Till Charlier

Couverture souple avec rabats
160 pages - **9,90 €**

Abdou et Yoan vivent dans un foyer pour enfants.
Oui, ces enfants dont personne ne veut… ceux qui n'ont « pas d'avenir », comme le répète l'horrible Directeur du foyer. Heureusement, les deux copains ont de la ressource ; et quand ils découvrent que le nouveau veilleur de nuit, ce bonhomme énorme, très très costaud et très très laid, **est un OGRE**, ils ripostent. Pas question de se laisser croquer comme des cookies !
Et puis, au fait : qui sait si cet ogre n'a pas quelques points communs avec eux ?

À RETROUVER DANS LA COLLECTION **Pépix**

L'OGRE AU PULL ROSE GRIOTTE
Marion Brunet
Illustrations de Till Charlier

Couverture souple avec rabats
192 pages - **10,90 €**

Après s'être échappés de leur foyer d'enfants, Abdou et Yoan accompagnent leur amie Linda, dite « La Boule », pour une escapade aux côtés de l'ogre.
Direction : la forêt. Avec des loups ! Et des sorcières ! Et le frère de l'ogre, et ses copains ogres motards ! Et de la magie. Et…
Bref : lis cette histoire. TU VAS ADORER !!

À RETROUVER DANS LA COLLECTION **Pépix**

LA DRÔLE D'ÉVASION

Séverine Vidal

Illustrations de Marion Puech

Couverture souple avec rabats
160 pages - **9,90 €**

Cette année, Zach passe ses vacances à San Francisco pour visiter la prison d'Alcatraz. Une prison dont personne ne s'est jamais évadé. Personne, sauf peut-être les trois célèbres « évadés d'Alcatraz »…
Eux, ils ont réussi. Zach en est sûr et il va le prouver : en refaisant leur évasion !

À RETROUVER DANS LA COLLECTION *Pépix*

LA DRÔLE D'EXPÉDITION

Séverine Vidal

Illustrations de Marion Puech

Couverture souple avec rabats
224 pages - 10,90 €

9 782848 658605

Happé dans le jeu vidéo que son père vient de créer, Zach se perd dans un univers étrange et se retrouve… à bord d'un cockpit de fusée !!
Il est embarqué sur la mission Apollo 11, et les trois cosmonautes qu'il voit sont les célèbres Neil Armstrong, Buzz Aldrin et Mike Collins ! Zach réussit à se faire accepter par l'équipage et s'acclimate à la vie sur la fusée…
Mais en route, il rencontrera un alien, tremblera face à une météorite, cherchera à entrer en contact avec son père, et vivra la plus excitante des aventures humaines : MARCHER SUR LA LUNE !

Directeur de publication : Frédéric Lavabre
Collection dirigée par Tibo Bérard
Maquette : Xavier Vaidis, Claudine Devey

© Éditions Sarbacane, 2016

Tous droits de reproduction, de traduction
et d'adaptation réservés pour tous pays.
Loi n° 49-956 du 16 juillet 1949
sur les publications destinées à la jeunesse.

Achevé d'imprimer en août 2016
sur les presses de l'imprimerie Grafica Veneta S.p.A.
N° d'édition : 0020
Dépôt légal : 2e semestre 2016
ISBN : 978-2-84865-871-1

Imprimé en Italie